当朝阳冲出迷雾露出那可爱的脸庞
叫醒了路边静静守望着远方的胡杨
一阵阵微风把树叶吹得沙沙作响
哦 在这美好的早晨 我在想
是什么唤醒了少年对成长的渴望

那是一扇博览古今的窗
打开它
能看见中华的文明像群星
在快乐地闪耀

那是一座通向成功的桥
走过它
能发现大师的智慧像火苗
在急切地燃烧

那是一片面向未来的花海
拥抱它
才明白成长的感觉像星星
在幸福地微笑

哦 那是你多彩的世界啊
你带来了书籍的芳香

中国儿童成长大书
zhongguoertong chengzhangdashu

你为我们把经典传扬
你把知识的火种
播撒在青春的田野和山冈

也许 那是你博大的胸襟吧
你让每一朵普通的花儿
都能在属于自己的花园里
迎着风骄傲地绽放
你让每一个平凡的生命
都能在属于自己的舞台中央
纵情歌唱

窗外吹来淡淡的花香
我愿在你编织的世界里快乐地成长
我将好好珍惜着你
就像蓝天把白云珍藏
因为那里有我的信仰
因为那里有你 见证着我的成长

水浒传
SHUI HU ZHUAN

中国儿童成长大书

水浒传

SHUI HU ZHUAN

【明】施耐庵

哈尔滨出版社

宋江

晁盖

宋江：北宋末年山东水泊梁山农民起义领袖。在《水浒传》中为第一号人物，为梁山起义军领袖。在一百单八将中排名第一，为三十六天罡星之首的天魁星。绰号呼保义，又号及时雨，人称"孝义黑三郎"。平素为人仗义，挥金如土，好结交朋友，以及时雨而闻名天下。

魅力指数：★★★★★
武力指数：★★★☆☆
智力指数：★★★☆☆

晁盖：山东郓城县东溪村人。平生仗义疏财，专爱结交天下好汉，闻名江湖。喜欢使枪弄棒，身强力壮，不娶妻室，终日打熬筋骨。传说邻村西溪村闹鬼，村人凿了一个青石宝塔镇在溪边，鬼就被赶到了东溪村。晁盖大怒，就去西溪村独自将青石宝塔夺了过来在东溪边放下。因此人称"托塔天王"。

魅力指数：★★★★☆
武力指数：★★★★★
智力指数：★★★☆☆

卢俊义

吴用

卢俊义：是《水浒传》中的经典人物形象之一，因为相貌出众、武艺高超而得到"玉麒麟"的雅号，原来是河北大名府的富商，后来成为梁山第二首领，最后被高俅陷害，误饮毒酒后失足落水而死。

魅力指数：★★★★☆
武力指数：★★★★★
智力指数：★★★☆☆

吴用：字学究，是《水浒传》中的人物，梁山排名第三。山东济州郓城县东溪村人。满腹经纶，足智多谋，常以诸葛亮自比，人称"智多星"。生得眉清目秀，面白须长。善使两条铜链，自幼与晁盖结交。

魅力指数：★★★★☆
武力指数：★★★☆☆
智力指数：★★★★★

李逵：《水浒传》中最鲁莽的人物，相貌黝黑，小名铁牛，江湖人称"黑旋风"，是梁山步军第五位头领。他心粗胆大、率直忠诚、仗义疏财。宋江饮高俅送来的毒酒中毒后，怕李逵造反，坏了梁山泊的忠义名声，便让李逵也喝了毒酒，一块儿被毒死了。

魅力指数：★★★★★

武力指数：★★★★★

智力指数：★★★★★

林冲：绰号豹子头，东京（今河南开封）人。生性耿直，爱结交好汉。武艺高强，善使丈八蛇矛。他从一个安分守己的八十万禁军教头变成了"强盗"，从小康之家的幸福生活到走上梁山聚义厅，他走过了一条艰苦险恶的人生道路。

魅力指数：★★★★★

武力指数：★★★★★

智力指数：★★★★★

武松：称号"行者"，因为在家排行第二，又名武二郎，武艺高强，有勇有谋，是一个下层侠义之士，崇尚的是忠义，有仇必复，有恩必报，他是下层英雄好汉中最富有血性和传奇色彩的人物，梁山排名第十四位。

魅力指数：★★★★★

武力指数：★★★★★

智力指数：★★★★★

杨志：在梁山好汉中排名第十七位。杨令公后代，武艺高强，因丢了花石纲被高俅赶出，后杀泼皮牛二，被发配大名府，为梁中书赏识，后因丢失生辰纲，无奈之中与鲁智深同上二龙山，三山聚时共归梁山。后征讨方腊时在途中病故。

魅力指数：★★★★★

武力指数：★★★★★

智力指数：★★★★★

四大名著是中国古典艺术星空中最璀璨的四颗明星。

四大名著是中国文学花园里最瑰丽的四朵奇葩。

四大名著凝结着人生的智慧，蕴涵了华夏五千年的文化精髓。

中国古典四大名著——《三国演义》《水浒传》《西游记》《红楼梦》，不仅在中国古典文学宝库中占据着最为显赫的地位，在世界文林中亦代表着中华民族有史以来的文学成就。它巨大的思想价值和艺术价值对后世具有无法估量的影响。作为民族精神文化的瑰宝，四大名著经得起时代的变迁，经得起人们再三的咀嚼和回味，值得我们一代代人从中汲取精华。

当生命的脚步不再停留在原点，当生命的征程从另一个高度出发，当求知被赋予另一种意义时，生命的视野在刹那间变得开阔。看那经典名著的大潮汹涌激荡，它让生命更加充满力量，听那经典名著余韵悠长响彻云霄，它将让你体会余音绕梁般经久不息的感动。你可以轻松地走近它，然而当你离开时，心中将载满生命的积淀。它是生命的经典，它是生命的永恒，它是生命中无与伦比的美丽。

为了让孩子们从少年时期接受古典文化的熏陶，感受中华文化神奇而独特的魅力，提高古典文化的修养，增强民族自尊心和自豪感，我们这套《中国儿童成长大书》根据孩子们的特点，将中国古典四大名著进行重新编排，希望这些知识性与故事性相结合的经典名著能够伴孩子们健康快乐地成长。

孩子们，让我们一起走进经典名著的殿堂，品味不朽的中华文化，欣赏经典中的传奇！

目 录

水浒传

水浒传

目录

水浒传

第一回

洪太尉误开伏魔殿　九纹龙火烧史家庄

宋朝嘉祐三年，天下瘟疫横行，军民死伤无数。仁宗皇帝派钦差殿前太尉洪信为天使，前往江西信州龙虎山，宣请天师张真人连夜来朝祈禳瘟疫。

洪太尉领了圣敕，来到上清宫中。

住持真人禀道："这代祖师号曰'虚靖天师'，性好清高，倦于迎送，只在龙虎山顶，结一茅庵，修真养性。天子要救万民，除非太尉斋戒沐浴，更换布衣，休带从人，自背诏书，焚烧御香，步行上山礼拜，叩请天师，才可能见到。如果心不诚也可能空走一趟，不能见到天师。"洪太尉听说后，第二天便香汤沐浴，换了一身新布衣，脚下穿上麻鞋草履，吃了素斋，取过丹诏，用黄罗包袱背在脊梁上，手里提着银手炉，烧着御香，上山寻找天师。洪太尉途中只见一个道童，倒骑着一头黄牛，横吹着一管铁笛，笑吟吟地正过山来。洪太尉见了，便问道童是否知道天师在哪儿。道童说天师已驾鹤前往东京了。

洪太尉回到上清宫，说道："我只看见一个道童，说天师早晨便乘鹤驾云到东京去了。"真人道："太尉可惜错过了机会，这个牧童正是天师。既然祖师法旨道是去了，等到太尉回京之日，这场醮事祖师已都做完了。"太尉听见真人这样说，方才放心。

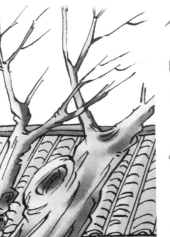

第二天，众人吃过早饭以后，真人道众和提点执事等人请洪太尉游山。行至一

所殿宇,门上交叉贴着十数道封皮,牌额上写着四个金字:伏魔之殿。洪太尉指着门道:"这是什么地方?"真人答道:"此乃前代老祖天师锁镇魔王之殿。"

　　洪太尉听了十分好奇,便让几个火工道人揭了封皮,推开殿门只见一个石碑,上书四个大字:遇洪而开。洪太尉看了大喜道:"遇洪而开!分明是让我开!"于是不顾劝阻,命人放倒石碑,又挖了三四尺深,见一片大青石板,洪太尉让人把石板扛起,只见下面是一个万丈深的地穴,只听穴内刮刺刺一声响。响声过后,一道黑气从穴里冲出来,掀塌了半个殿角。那道黑气直冲上半天,在空中散作百十道金光,往四面八方去了。惊得洪太尉不知所措,面色如土,奔到廊下,只见真人叫苦不迭,洪太尉问道:"走了的是什么妖魔?"真人对洪太尉说道:"此殿内镇锁着三十六员天罡星,七十二座地煞星,共是一百零八个魔君在里面。上立石碑,凿着龙章凤篆天符,把他们镇在此处。如今出世,怎生是好!"洪太尉听罢,浑身冷汗直冒，急急收拾行李，引了从人，下山回京。真人带领众道人送走了洪太尉一行人，就回宫内修整殿宇，竖立石碑。

仁宗在位四十二年就驾崩了，因没有太子，便传位给濮安懿王允让之子，太祖皇帝之孙，立帝号为英宗。英宗在位四年，传位给神宗。神宗在位一十八年，传位给哲宗。那时天下太平，四方无事，人民安居乐业，一片祥和。

此时开封府出了个浪荡子弟高俅，他整天无所事事，但因踢得一脚好球，被人举荐到驸马王晋卿府中当亲随。后来王晋卿要给哲宗的御弟端王送礼，便让高俅去送。恰巧碰到端王正在踢球，就让高俅下场踢了几脚。高俅因球技高超，从此受到端王赏识，便给端王当了亲随。

高俅自此遭际端王，每日跟着，寸步不离。未到两个月，哲宗晏驾，没有太子，文武百官册立端王为天子，立帝号曰徽宗。徽宗登基之后，封高俅为殿帅府太尉。

水浒传
SHUI HU ZHUAN

高俅上任，众官来见，只缺八十万禁军教头王进因病未到。高俅命人将王进抓来，王进只得带病前来。进了殿帅府，参见高太尉，高太尉道：“你就是都军教头王升的儿子？”王进禀道：“小人便是。”高太尉喝道：“你如何敢小看我，不服俺点视！你倚仗谁的势力，推病在家安闲快乐！”高太尉喝令左右，命拿下王进，叫道：“给我加力打！”众多牙将都是和王进好的，不想打王进，但又不敢得罪高太尉，只得与军正司一同说道：“今日是太尉上任的好日子，暂时饶过他这一次。”高太尉喝道：“你这贼配军，且看众将之面，先饶恕你今日的无理，明日再和你算账！”

原来当年高俅被王进的父亲打过，养了三四个月才好。现在高俅当了太尉，小人得志，怎能放过王进？王进无奈，只得和母亲一同到延安经略府投军去了。

途中，王进在史家庄投宿，见庄上的小官人史进正在练棒，不觉失口道：“这棒使得倒是好，只是有破绽，赢不得真好汉！”那后生听后大怒，喝道："你是什么人，敢来笑话俺的本事！俺是九纹龙史进，你敢和我比试枪棒功夫吗？"

王进听罢，去枪架上拿了一条棒在手里，来到空地上，摆个架势。那史进看了看，拿条棒径奔王进。只一个回合，王进便将史进打倒在地，史进爬起，便拜道："我曾请了很多师父传授武艺，原来这些人都武艺不精。师父，没奈何，只得向您请教。"

史太公大喜，留住王进母子二人在庄上。史进每日求王进点拨，十八般武艺，一一从头指教。

前后半年之上，史进把这十八般武艺，重新学得十分精熟。王进见他学得精熟了，自思："在此虽好，只是不能长久。"便向史太公父子告辞，要上延安府去。史进和太公苦留不住，只得安排筵席为王进送行。次日，王进收拾了行李，备了马，母子二人辞别了史太公、史进，往延安府去了。

史进回到庄上，每日只是练功，不到半年，史太公染病在床，数日不起。史进使人请医看治，终不能治愈，没过多久，史太公就去世了。史家自此无人操持家业，史进又不肯务农，只顾找人较量枪棒，家道渐渐衰落。

那史家庄附近的少华山上有一伙强人，为首的唤做神机军师朱武，另外两个是跳涧虎陈达和白花蛇杨春。三人想去抢华阴县，朱武和杨春担心史进厉害，陈达不服气，便自己带人去打史家庄，不料却被史进生擒。朱武便和杨春商议了一条苦肉计，随后下山去见史进。见了史进，朱武和杨春便跪地请缚，表示要与陈达共存亡。史进见二人如此义气，便放了陈达。自此，史进常常与三人往来。

哪想此事被华阴县县尉得知，中秋那天便率兵包围了史家庄，史进无奈，只得火烧史家庄，逃了出来。因不愿为寇，便告别了朱武三人，往延安经略府找王进去了。

水浒传

SHUI HU ZHUAN

水浒传

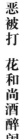

史进提了朴刀，往延安府路上来。行了半月之上，来到渭州。史进打听到这里有经略府，便入城来看王教头是否在此。史进寻得一间茶坊，点了茶坐了。史进问茶博士经略府的所在，是否有个教头叫王进。话犹未了，只见一个满脸络腮胡子、身材粗壮的大汉大踏步地走进茶坊。

那人到茶坊里面坐下。茶博士便道："客官要寻王教头，只需问这个提辖便知。"史进忙起身向那人施礼，知道了那提辖是鲁达。鲁提辖久闻史进大名，又听说他到此来找师父王进，便连忙还礼，说道："王教头在延安府老种经略相公处干事，不在这里。我从前多闻你的好名字，你且和我上街去吃杯酒。"说着，挽着史进的手，便出茶坊来。行了三五十步，史进又在街上遇到了自己的启蒙师父打虎将李忠，他正在那里使枪棒卖药。鲁提辖便邀请他一同去吃酒。李忠只道卖了药就来，鲁提辖便轰走众人。李忠见鲁提辖如此凶猛，只得和他们前去。

三人上到潘家酒楼上，拣个济楚阁坐下，席间却听得隔壁阁子里有人哽哽咽咽地在啼哭。鲁提辖焦躁，便叫酒保让他们过来询问。

不多时，一个十八九岁的女子和一个五六十岁的老人来到面前。那女子拭着泪眼，向前来深深地道了三个万福，那老人也都相见了。鲁提辖问道："你两个是哪里人家？为什么啼哭？"那女子便道："奴家是东京人氏，因同父母来这渭州投奔亲眷，不想亲眷搬移南京去了。母亲在客店里染病身故，我父女二人流落在此生受。此间有个财主，叫做镇关西郑大官人，强行要小女子做妾，还写了三千贯文书，但并没有给钱。未及三个月，他家大娘子好生厉害，将我赶打出来。着落店主人家，追要原典身钱三千贯。父亲懦弱，和他争执不下，又无钱还他。没计奈何，来这里酒楼上卖艺。每日但得些钱来，将大半还他。这两日酒客稀少，违了他钱限，怕他来讨时羞辱，因此啼哭。望乞官人恕罪。"鲁提辖又问他们名姓，谁是镇关西。老儿答道："老汉姓金，排行第二，孩儿小字翠莲。郑大官人便是此间状元桥下卖肉的郑屠，绰号镇关西。老汉父女两个，只在前面东门里鲁家客店安下。"鲁提辖听了道："呸！却原来是杀猪的郑屠。这个腌臜泼才，却原来这等欺负人。"便问史进借了银子，交与金老，吩咐道："你父子两个将去做盘缠，一面收拾行李。俺明日清早来发付你两个起身，看那个店主人敢留你！"金老并女儿拜谢去了。

第二天，鲁提辖先来到客店，放走了金老父女，估计金老去远了，便径投状元桥来。

且说郑屠开着两间门面，两副肉案，悬挂着三五片猪肉。郑屠正在门前柜身内坐定，看那十来个刀手卖肉。鲁提辖走到门前，叫声："郑屠！我奉着经略相公钧旨，要十斤精肉臊子。"郑屠殷勤招呼了，便叫人去切。鲁提辖道："不要那等腌臜厮们动手，你自与我切。"郑屠道："说的是，小人自切便了。"便自去肉案上拣了十斤精肉，细细切做臊子。这郑屠整整切了半个时辰，用荷叶包了，道："提辖，叫人送去？"鲁提辖道："送什么！且住，再要十斤都是肥的

水浒传
SHUI HU ZHUAN

水浒传

臊子。"郑屠又选了十斤实膘的肥肉,也细细地切做臊子,把荷叶来包了。郑屠道:"找人与提辖拿了,送将府里去。"鲁提辖道:"再要十斤寸金软骨剁做臊子。"郑屠笑道:"提辖却不是特意来消遣我。"鲁提辖听罢,跳起身来,拿着那两包臊子在手里,睁眼看着郑屠说道:"洒家特地要消遣你!"说罢把两包臊子劈面打过去,却似下了一阵肉雨。

郑屠大怒,从肉案上抢了一把剔骨尖刀,托地跳将下来。鲁提辖早拔步在当街上。郑屠右手拿刀,左手来揪鲁提辖,鲁提辖就势按住他的左手,往小腹上只一脚把郑屠踢倒在当街上。鲁提辖再入一步,踏住胸脯,看着这郑屠道:"洒家始投老种经略相公,做到关西五路廉访使,也不枉了叫做镇关西。你是个卖肉的操刀屠户,狗一般的人,也叫做镇关西! 你如何强骗了金翠莲?"扑地只一拳,正打在郑屠鼻子上,打得鲜血迸流,鼻子歪在半边。郑屠挣不起来,那把尖刀也丢在一边,口里只叫:"打得好!"鲁提辖骂道:"直娘贼,还敢应口!"就眼眶际眉梢又是一拳,打得眼棱缝裂,乌珠迸出,也似开了个彩帛铺的,红的、黑的、绛的,都滚将出来。两边看的人惧怕鲁提辖,谁敢向前来劝?郑屠抵不过讨饶。鲁提辖不听,又只一拳,太阳上正着。鲁提辖看时,只见郑屠挺在地下,口里只有出的气,没了入的气,动弹不得。鲁提辖假意道:"你这厮诈死,洒家再打。"只见郑屠面皮渐渐变了。鲁提辖拔步便走,回头指着郑屠尸体道:"你诈死,洒家和你慢慢理会。"一头骂,一头大踏步去了。街坊邻舍和郑屠的伙计,谁都不敢上前来拦他。鲁提辖回到下处收拾些衣物,奔出南门。

鲁提辖走了半个月走到代州雁门县,忽见前面有一群人,正围在十字街口看榜。鲁提辖不识字,只听得众人读到:"代州雁门县,依奉太原府指挥使司,该准渭州文字,捕捉打死郑屠犯人鲁达,即系经略府提辖……"鲁提辖正在那里听,只听得背后一个人大叫道:"张大哥,有日子没见,你如何在这里?"说着拦腰把他抱住,直扯近县前来。

当鲁提辖扭过身来看时,却是渭州酒楼上自己救了的金老。金老直拖鲁提辖到僻静处,鲁提辖问他为何来此处,金老说自从被鲁提辖搭救后,父女俩一路向北而行,途中遇见一个老邻居,为女儿金翠莲做媒,嫁给此地一个大财主赵员外,从此衣食无忧。因念及鲁提辖的恩情,金老便请他回家宴请拜谢。席间赵员外提议,让鲁提辖不如上五台山文殊院做个和尚避祸。鲁提辖觉得这是个不错的主意,便连夜赶到五台山。长老安排人为鲁提辖剃度,赐名鲁智深。

自此鲁智深在五台山寺中安心住下,但他依旧秉性不改,常喝得醉醺

醺的回来。

　　忽一日，天色暴热，是二月间天气。鲁智深回僧堂里，取了些银两，揣在怀里，下山来到一个市镇上来。鲁智深来到一家铁匠铺，选了好铁，和铁匠商议了，打造了一条六十二斤的水磨禅杖和一口戒刀。然后又喝得醉醺醺的，回来时见山门已关，累次叫门不开，便怒起打破了山门，又推翻供桌，搅了道场，打伤僧众禅客。长老无奈，只好把他介绍到大相国寺。鲁智深拜了长老九拜，背了包裹、腰包、肚包、藏了书信，辞了长老并众僧人，又在山下等铁匠打好禅杖和戒刀，就离了五台山文殊院，取路投东京来。

镇关西为恶被打 花和尚酒醉闹寺

一天,鲁智深在路上行走,因贪看景色误了投宿的时机。又匆匆忙忙走了二三十里,望见树林丛中有一座庄院,看见几十个庄家正急急忙忙地把东西搬来搬去。

鲁智深正看时,从庄内走出一个老人。鲁智深上前一打听才知道,这里叫桃花村,走出来的老人叫刘太公。今晚桃花山的二头领要强行来娶刘太公十九岁的女儿,因此刘太公一家十分烦恼。鲁智深安慰刘太公道:"太公莫急。俺在五台山智真长老那里学得说姻缘,定劝那个大王回心转意。"刘太公听了这话,心中欢喜,随即让庄客端上熟鹅和大碗酒。鲁智深痛痛快快地喝了二三十碗酒,便让太公领着来到新媳妇房里。鲁智深把房中桌椅都靠墙边放好了,又把禅杖靠在床边,戒刀放在床头,放下了销金帐,又脱得赤条条,去床上坐了。

晚上,那二头领一来便直奔新房,只见里面黑洞洞的,没有一点声音。二头领一边叫娘子,一边摸

来摸去。一摸摸着销金帐边，便揭起来探出一只手来摸，正摸着鲁智深的肚皮。鲁智深揪住他的头巾角，按倒在床里便打。众小喽啰听见了打斗声，一齐奔过来救头领，却被鲁智深拿禅杖打过来，众人抵挡不住，都逃了出去。二头领趁着打闹爬出房门，奔到门前摸着马，骑上马出了庄门慌忙地逃回了山寨，二头领把挨打的事对大头领说了一遍。大头领听了大怒，对二头领说："你先在寨中歇息，我去捉拿贼秃，为你报仇。"说完率领小喽啰往桃花村来。

此时鲁智深正在庄上喝酒，听庄客报告说山上大头领来了，就脱了直裰，提了禅杖和戒刀，迈着大步来到打麦场。哪想那大头领见了，急忙跳下马，撇了枪，翻身便拜，说："哥哥，一向可好？"

鲁智深仔细看时，发现是江湖上使枪棒卖药的教头打虎将李忠。李忠说："小弟听说哥哥打死了郑屠。我就去找史进商议，他又不知到哪里去了。小弟听到差人缉捕，慌忙也逃了出来，从这座山经过。刚才被哥哥打的那汉子，在这桃花山扎寨，叫做小霸王周通。那时带人下山来和小弟厮杀，被小弟打败，所以留小弟在山上当寨主，小弟便在这里落草做了大王。"

鲁智深和刘太公随李忠等人上了山寨。周通听了鲁智深的来历，便翻身拜倒，说道："恕我眼拙，不识得原来竟是哥哥，亲事再也不提了。"随后，刘太公便拜谢后下山了。

鲁智深也随即离开了桃花山，从早晨走到午后，大约走了五六十里，路遇史进，二人赶到一个村镇酒店吃了酒饭。鲁智深问史进今后有何打算，史进回答说："我如今只得回少华山入伙，以后再作打算。"随后二人分别，史进前往少华山，鲁智深则前往大相国寺。

这一日，鲁智深到了大相国寺，住持智清长老让他看菜园子。

菜园子周围有二三十个泼皮破落户，平时经常来园里偷盗菜蔬，听说菜园子换了新管事，便聚在一起商议打算给他一个下马威。

这一日，鲁智深来巡视菜园子，忽见二三十个泼皮端着一些果盒酒礼向他走过来，立在粪窖边。一个小泼皮对他说："听说师父新来管理菜园子，我们前来庆祝。"鲁智深信以为真，一直走到粪窖边。不想张三和李四分别来抱他的左脚和右脚，想把他摔下粪窖。鲁智深眼明手快，先后把李四和张三踢下粪窖。众泼皮都拜伏在地。

次日，众泼皮买了酒，牵了一只猪来，准备宰了请鲁智深喝酒。众人正喝得痛快时，忽听门外树上老鸦叫。鲁智深乘着酒兴，来到外面柳树前，正看见树上有一个老鸦巢。鲁智深打量了一下，走到树前，脱了直裰，倒立身子，右手向下，用左手抱住树的上截，把腰往上一托，便把那株绿杨柳带根拔起。众泼皮见了，对鲁智深更加佩服得五体投地。自此，鲁智深与众泼皮经常来往。

一日，鲁智深在绿槐树下备了酒菜，回请众泼皮喝酒。喝酒的时候，众泼皮请鲁智深舞禅杖，鲁智深便取出禅杖舞了起来。正舞得呼呼生风，忽听墙外有人叫好。原来这人正是八十万禁军枪棒教头林冲，鲁智深、林冲二人一见如故，相谈甚欢。

　　林冲正和鲁智深说话的时候，忽见侍女锦儿慌张地来通报林夫人在庙里五岳楼下正被人欺负。林冲听了，急忙向鲁智深告辞，和锦儿快步奔向五岳楼。到了五岳楼，林冲正见几个人在栏杆边站着，一个年少的后生在胡梯上背立着，拦住了林夫人。林冲几步奔到近前，扳过那后生的肩胛，刚要落拳，发现是本管高太尉的义子高衙内，便住了手。众人把林冲劝开，拥着高衙内走了。林冲带着夫人和侍女锦儿从廊里转出来，迎面遇见鲁智深和那二三十个泼皮。

　　原来鲁智深担心林冲吃亏，特意领着众泼皮来相助，见林冲安然无事，便带着泼皮走了，林冲一行三人也回了家。

　　高衙内自从见了林夫人，寻欢不成，回到府中一直闷闷不乐。帮闲的富安想出一计，高衙内满心欢喜，又请高太尉帮忙依计而行。

　　一天，林冲和鲁智深一起走到阅武坊巷口，见到一条大汉在卖刀。

林冲见那刀明晃晃地夺人眼目,便买了回来。

第二天上午,有两个自称受太尉钧旨的差役,以太尉要看宝刀的名义把林冲带进太尉府里的一个堂中后,便离开了。

林冲只见檐前额上有四个青字,写着"白虎节堂"。林冲猛省:"这节堂是商议军机大事的地方,如何敢无故辄入!"急待回身,只见一个人从外面进来。林冲看时,却是本管高太尉,林冲慌忙见礼,高太尉喝道:"林冲,你好大胆,竟敢擅自进入白虎节堂,难道不知此处是商议军机大事之所?"高太尉不由分说,命左右把林冲带去开封府推审审理。

开封府的滕府尹见到林冲,听了他的口词,命人给他戴上刑具,收监到牢里。耿直的当案孔目孙定在滕府尹面前一力劝说从轻判罚林冲。滕府尹又去高太尉面前禀告林冲说词。高太尉答应从轻判罚林冲。于是当天滕府尹断了林冲二十脊杖、刺配沧州牢城。

当时董超和薛霸两个差人领了押送林冲的公文后，回家收拾行李。

董超正在收拾行李，忽见巷口酒店里的酒保来请，说有一位官人在酒店里等董超前去叙话。董超随着酒保来到酒店的阁儿中，只见一个官人坐在那里。随后，酒保又去把薛霸请了来。那人请董超、薛霸一起喝酒，并各给二人五两金子。那个官人道："二位可是要去沧州？"董超道："小人两个奉本府差遣，要把林冲监押到沧州去。"那人道："我是高太尉府心腹人陆虞候，今奉着太尉钧旨，让把这十两金子送与二位。望你两个领诺。不必远去，只在前面僻静去处把林冲杀了，揭取林冲脸上金印回来做表证。届时，陆谦再包办二位十两金子相谢。专等好音，切不可相误。"董超、薛霸二人连连答应。三个人又喝了几杯酒，陆虞候算还了酒钱。三人从酒肆里出来，各自分手。

只说董超、薛霸收了金子，送回家中后，取了行李包裹和水火棍，监押林冲往沧州前进。

一日晚上，三人到村中客店去投宿。吃过晚饭，薛霸去烧一锅开水，倒在脚盆里，强行把林冲的脚按在盆里，林冲的脚被烫得红肿起来。次日早上，二位差人催赶林冲上路，又让他在满是潦泡的脚上穿上新草鞋。

走不到二三里，林冲脚上的泡就被新草鞋扎破了，鲜血淋漓，正走不动，不停叫唤。薛霸、董超大骂，搀着林冲，又行不动，只得又慢慢走了四五里路。忽然望见前面烟笼雾锁，现出一座猛恶林子，有名唤做

"野猪林"，此地正是东京去沧州路上第一个险峻之处。

董超、薛霸说要在此睡一会儿，又恐林冲逃走，便要绑林冲。林冲道："上下要缚便缚，小人怎敢不依。"薛霸腰里解下索子来，把林冲连手带脚和枷紧紧地绑在树上。两人又拿起水火棍，看着林冲，说道："不是俺要结果你，自是前日来时，有那陆虞候传着高太尉钧旨，让我两个到这里结果你，立等金印回去回话。"林冲听了，泪如雨下，向二人讨求活命，二人不答应。薛霸正要举棍杀林冲时，只见一条铁禅杖飞来，把水火棍隔开。跳过来一个胖和尚，抢起禅杖来打两个差人。林冲见是鲁智深，忙劝阻道："此事与他俩无关，都是高太尉使陆虞候吩咐两个差人，要害我性命。他两个怎敢不依高太尉。你若打杀他两个，也是冤屈。"

随后鲁智深割断绳子，扶起林冲，说了一路暗中随行保护之事，又一路护送林冲到沧州城外才回东京。

林冲和两个差人进了官道上的一座酒店。三个人走进酒店里，坐了半个时辰，酒保并不来问。林冲等得不耐烦，敲着桌子说道："你这店主人好欺客，见我是个犯人，便不来理睬，我又不白吃你的。是什么道理？"主人说道："你不知，俺这村中有个大财主，姓柴名进，本地人称为柴大官人，江湖上都唤做小旋风。他是大周柴世宗嫡派子孙，自陈桥让位有德，太祖武德皇帝敕赐给他誓书铁券。柴大官人常常嘱咐我们：'酒店里如有流配来的犯人，可叫他投我庄上来，我自会资助他。'我如今卖酒肉给你，吃得面皮红了，他认为你自有盘缠，便不助你，我是好意。"林冲三人便去投奔柴进。

柴进见识了林冲的武艺，十分敬佩，便留林冲在庄上一连住了几日，每日好酒好食款待，两个差人催促要行。柴进又置席送行，又写两封信，吩咐林冲道："沧州大尹与柴进交好，牢城管营、差拨亦与柴进交厚，可

将这两封书带去交与他们，必然照顾教头。"再将二十五两大银送与林冲，又将银五两赍发两个差人。

三人告辞取路投沧州来，中午时分便到了沧州城里。州官大尹当下收了林冲，押了回文，一面帖下判送牢城营内来。两个差人自领了回文回东京去。

沧州牢城营内收管林冲，把他发在单身房里，听候点视。忽见差拨到来，林冲忙取出银子和柴进的书札交给差拨。差拨高兴地拿了银子和书札，离开单身房走了。差拨拿了书札出门来见管营，说："林冲是个好汉，柴大官人有书相荐在此呈上。原是被高太尉陷害，发配到此，又无十分大事。"管营道："既是柴大官人有书，必须要看顾他。"便给林冲除去了木枷，让他在天王堂内落脚，每日只是烧香扫地，不觉光阴早过了四五十日。那管营、差拨由他自在，也不来拘管他。柴进又让人给他送来冬衣和钱物。那满营内的囚徒，也得林冲救济。

到了冬天，管营叫唤林冲到点视厅上，说道："此地东门外十五里，有座大军草场，每月凡是纳草纳料的活，还有些常例钱取觅，原是一个老军看管。我如今抬举你去替那老军来守天王堂，你在那里还可寻几贯盘缠。你可和差拨便去那里交割。"之后，林冲取了包裹，带了尖刀，拿了条花枪，与差拨一同辞了管营，取路投草料场来。当时正是严冬天气，彤云密布，朔风渐起，纷纷扬扬便卷下一天大雪来。

到了草料场，差拨向老军说了让林冲来接替他的事。老军给了林冲钥匙和装酒的大葫芦，交待了交接事宜后，便收拾了行李，和差拨回营去了。

林冲在床上放了包裹，就坐下生火，又觉得身上寒冷，便依老军所说去五里路外市井沽酒。

此时雪正下得紧。林冲打完酒，踏着瑞雪，迎着北风，飞也似的奔到草场门口，开了锁，入内看时，只叫得苦。原来那两间草厅已被雪压倒了。林冲寻思："这可怎地好？"他恐怕火盆内有火炭烧起来，于是搬开破壁子,探半身进去摸,发现火盆内火种已被雪水浸灭了。林冲又用手在床上摸,只拽得一条絮被。林冲钻出来,见天色黑了,寻思道:"又没处生火,怎么办?"忽然想起:"离这半里路上,有个古庙,可以安身。我且去那里宿一夜,等到天明却做理会。"于是林冲把被卷了,用花枪挑着酒葫芦,依旧把门拽上、锁了,往那庙里来。走进庙门,再把门掩上,旁边只有一块大石头,掇过来,靠了门。进到里面看时,只见殿上放着一尊金甲山神,两边各一个判官、一个小鬼,侧边堆着一堆纸。林冲把枪和酒葫芦放在纸堆上,将那条絮被放开,先取下毡笠子,把身上雪都抖了,又把白布衫脱将下来,白布衫早有五分湿了,和毡笠同放在供桌上,把被扯来盖了半截下身。又把一葫芦冷酒提来,就着怀中牛肉下酒。正吃时,只听得外面噼啪爆响。林冲跳起身来,从壁缝里看,只见草料场里起火了。

林冲拿起枪,正要开门来救火,只听前面有人说话。林冲仔细听时,是三个人的脚步声,直奔庙里来。有人用手推门,庙门却被石头靠住了,推也推不开。三人在庙檐下站着看火,其中一个道:"这条计好么?"一个应道:"多亏管营、差拨两位用心。回到京师,禀过太尉,都保你二位做大官。"又一个道:"小人一直爬到墙里去,在四下草堆上点了十来个火把,看他能走到哪里去!"又听一个道:"他即便逃得性命,烧了大军草料场,也得判个死罪。"

林冲听那三人的声音便知,一个是差拨,一个是陆虞候,一个是富安。林冲道:"天可怜见林冲,若不是倒了草厅,我准定被这些家伙烧死了。"这时林冲轻轻把石头掇开,挺着花枪,一手拽开庙门,大喝一声:"泼贼哪里去!"三个人急要走时,惊得呆了,正走不动。林冲举手一枪,先戳倒差拨。那富安走不到十来步,被林冲赶上,后心只一枪,就被戳倒了。林冲翻身回来,陆虞候却才行了三四步。林冲喝声道:"好贼!你要往哪里去!"林冲又将陆虞候劈胸一提,将他丢翻在雪地上。林冲把枪搠在地里,用脚踏住陆谦身边取出那口刀来,便去陆虞

水浒传

SHUI HU ZHUAN

候脸上搁着，喝道："泼贼！我和你有什么冤仇，你如何这样害我！正是杀人可恕，情理难容。"陆虞候告道："不干小人事，是太尉差遣，小人不敢不来。"林冲骂道："奸贼，我与你自幼相交，今日倒来害我，怎不干你事！且吃我一刀。"说罢，把陆谦上身衣服扯开，把尖刀向他心窝里只一剜，陆谦便七窍迸出血来。林冲将陆谦心肝提在手里，回头看时，发现差拨正爬将起来要走。林冲按住他喝道："你这人原来也这样歹毒！且吃我一刀。"之后又把差拨的头割了下来，挑在枪上。林冲回来把富安、陆谦的头都割了下来，将三个人头发结做一处，提入庙里来，都摆在山神面前供桌上。林冲又将葫芦里的冷酒都吃尽了，被与葫芦都丢了不要，提了枪，便出庙门投东去。

水浒传

SHUI HU ZHUAN

水浒传

林冲投奔到柴进庄上,听说州尹命缉捕人员沿乡历邑,道店村坊,画影图形,另出三千贯信赏钱捉拿他时,如坐针毡。等到柴进回庄,林冲便说道:"非是大官人不留小弟,怎奈官司追捕甚紧,官兵挨家挨户搜捉,倘或寻到大官人庄上时,连累了大官人不好。既蒙大官人仗义疏财,求借些小盘缠,林冲投奔他处栖身。异日不死,当以犬马之报。"柴进道:"既是兄长要行,小人有个去处。作书一封与兄长去,如何?"

林冲道:"若得大官人如此周济,教小人安身立命。只是不知投何处去?"柴进道:"是山东济州管下一个水乡,地名梁山泊,方圆八百余里,中间是宛子城、蓼儿洼。如今有三个好汉在那里扎寨。为首的唤做白衣秀士王伦,第二个唤做摸着天杜迁,第三个唤做云里金刚宋万。那三个好汉聚集了七八百小喽啰,打家劫舍,多有犯下弥天大罪的人,投奔到那里躲灾避难,他都收留。且三位好汉与我交厚,常寄书信来。我今修一封书与兄长,去投那里入伙如何?"林冲道:"若得如此顾盼,最好。"当晚,柴进置酒宴与林冲送行。

林冲与柴进别后,连夜上路。路上行了十数日,才上了梁山。时遇暮冬天气,彤云密布,朔风紧起,又纷纷扬扬下着满天大雪。

林冲拿出柴进的书信,交给王伦。王伦询问了一回,但想到林冲武艺高强,恐他日后强占山寨,便动了拒绝林冲入伙之意。

于是王伦设下筵席,请林冲赴席。将要散席之时,王伦叫小喽啰用一个盘子托出五十两白银来,又起来说道:"柴大官人举荐教头来敝寨入伙,怎奈小寨粮食缺少,屋宇不整,人力寡薄,恐日后误了足下,亦不好看。略有些薄礼,望乞笑留,另寻个大寨安身,切勿见怪。"林冲道:"三位头领容复:小人托柴大官人脸面,径投大寨入伙。林冲虽然不才,望赐收录,当以一死向前,并无诈伪,实为平生之幸。不为银两赍发而来,乞头领照察。"众人也纷纷为林冲说和。王伦道:"既然如此,你若真心入伙,便取一个投名状来。"林冲便道:"小人颇识几字,取纸笔来便写。"众人笑道:"教头,你错了。但凡好汉们入伙,都要纳投名状。这是让你下山去杀一个人,将这人的头来献纳,他便无疑心。这个便叫做投名状。"林冲道:"这事也不难。林冲便下山去等,只怕没人过。"王伦道:"以三日为限。若三日内有投名状来,便容你入伙;若三日内没有取来投名状,休要怪我不留你。"林冲应承了,自回房中宿歇。

次日清早起来,林冲吃过了饭,由小喽啰领着下山等候客人。不想空等了一天,第二天也是如此。到了第三天,林冲和小喽啰又来到山下东路林子里潜伏等候。看看快到中午了,才见远远地有一个人从山坡下走来。林冲见了,说道:"天赐良机!"便冲出来与他打斗起来。两人斗到三十多个回合,不分胜败。正在难分难解之时,只听高处有人叫道:"两个好汉不要斗了。"林冲听了,便跳到圈子外来。两个人收住手中朴刀,看那山顶上时,却是王伦和杜迁、宋万带领着许多小喽啰走下山来,说道:"两位好汉,使得

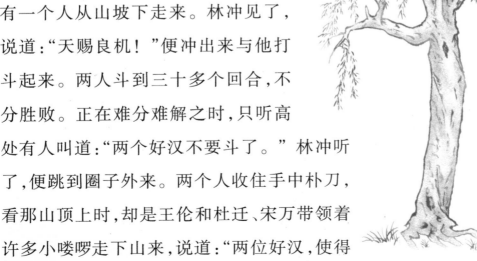

两口好朴刀,神出鬼没。这个是俺的兄弟林冲。青面汉,你却是谁?请通报姓名。"那汉道:"洒家是三代将门之后,五侯杨令公之孙,姓杨名志,流落在此。年纪小时,曾应过武举,做到殿司制使官。圣上为盖万岁山,差我等十个制使,去太湖边搬运花石纲赴京交纳。不想俺时乖运蹇,押着那花石纲来到黄河里,遭风打翻了船,失陷了花石纲,不能回京赴任,逃去他处避难。如今欲赦了俺们的罪。俺今收得一担钱物,待回东京,去枢密院使用,再恢复原职。"王伦听闻如此,又见他武艺高强,便想留他上山,对林冲也有个牵制。怎奈杨志执意要上东京,王伦等只得设宴为他饯行。

这一日,杨志进了城,寻了个客店安歇下。又去枢密院打点事务,将担子内金银都使尽了,方才得见高太尉。杨志来到厅前,高太尉把从前历事文书都看了,大怒道:"既是你等十个制使去运花石纲,九个都回到京师交纳了,偏你这家伙把花石纲失陷了,又逃之夭夭,如何委用?"随即批了文书,把杨志赶出殿司府来。

杨志闷闷不乐地回到客店中,心中无限烦恼:如今盘缠都使尽了,如何是好!只有祖上留下这口宝刀,从来跟着洒家,如今事急无措,只得拿去街上卖得千百贯钱钞,好做盘缠,投往他处安身。当日杨志带了宝刀,插了草标,上市去卖。杨志走到天汉州桥热闹处去卖,立了不久,只见人们喊着:"快躲了,大虫来了。"边喊边往四下里躲。杨志站稳脚看时,只见一个相貌粗丑的大汉吃得半醉,摇摇晃晃地撞过来。

原来这人是京师有名的破落户泼皮,叫做没毛大虫牛二,专在街上撒泼行凶撞闹,官府拿他也没有办法。因此人们看见他都只能急忙躲了。牛二抢到杨志面前,一手把那口宝刀扯了出来,问道:"汉子,你这宝刀要卖多少钱?"杨志道:"祖上留下的这把宝刀,三千贯便卖。"牛二道:"这样贵,你这破刀有什么好的?"杨志道:"第一件砍铜剁铁,刀口不卷;第二件吹毛得过;第三件杀人刀上没血。"牛二道:"我不信!你拿刀剁一个人我看。"杨志道:"禁城之中,如何敢杀人?"牛二

听了，便上前抢刀。杨志大怒，把牛二推了一跤。牛二爬起来，挥起右手，一拳打来。杨志霍地躲过，一时性起，往牛二脖颈上搠一刀，牛二扑地倒了。杨志赶过去，在牛二胸脯上又连搠了两刀，顿时血流满地，牛二死在地上。

事后杨志去开封府自首，众邻居都出了供状，推司可怜杨志是好汉，又为民除了害。朝廷就断了杨志二十脊杖，又唤个文墨匠人，刺了杨志两行金印，迭配他到京城大名府留守司充军。推司当厅押了文牒，差两人监押杨志上路。

这日，三人来到北京。北京大名府留守司，上马管军、下马管民，最有权势。那留守唤做梁中书，讳世杰，是东京当朝太师蔡京的女婿。梁中书见杨志是条好汉，大喜，当厅就命人给杨志开了枷，把杨志留在厅前听用，不久，又提升他为管军提辖使。

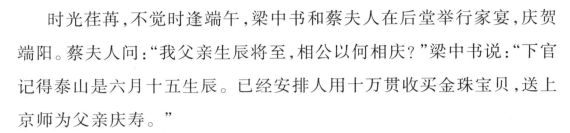

时光荏苒,不觉时逢端午,梁中书和蔡夫人在后堂举行家宴,庆贺端阳。蔡夫人问:"我父亲生辰将至,相公以何相庆?"梁中书说:"下官记得泰山是六月十五生辰。已经安排人用十万贯收买金珠宝贝,送上京师为父亲庆寿。"

话分两头。东溪村保正叫做晁盖,家资甚厚,平生专喜结交各方好汉,只要有人来投奔他,他都热情款待,留在庄上住,又使得一手好枪棒,人们也都喜欢与他结交。

一日,一个大汉前来投奔晁盖。那汉子说:"小人叫做刘唐,祖籍东潞州人,人称赤发鬼。今天特意来告诉哥哥一件大好事。小弟打听到北京大名府梁中书收买十万贯金珠宝贝玩器等物,要送上东京给他丈人蔡太师庆生辰。这几天就要安排上路,要赶在六月十五日蔡太师寿辰之前到达东京。小弟想夺取这不义之财,听说哥哥武艺过人,特意来请哥哥助我一臂之力。不知哥哥意下如何?"闻言晁盖找来智多星吴用商议。

吴用听了,笑着说:"原来如此,我认得三个武艺出众、义胆包身的兄弟。一个叫立地太岁阮小二,一个叫短命二郎阮小五,一个叫活阎罗阮小七。他们在济州梁山泊边石碣村住,平日以打鱼为生。如今若请得这三个好汉一同来做事,大事必成。"晁盖听后点头答应了。吴用自愿去石碣村劝阮氏兄弟入伙。

吴用来到石碣村,向阮氏兄弟讲明来意。阮氏兄弟听了,十分高兴,慨然应允,随吴用来到晁盖庄上。

这日,六个好汉正聚在后堂喝酒,商量劫生辰纲一事,忽听庄客来报，说外面有一个先生求见。晁盖出来与那个先生相见，那先生说："贫道叫公孙胜，道号一清先生，蓟州人氏。曾学成多般武艺和道术，能腾云驾雾，呼风唤雨，人称入云龙。贫道今有十万贯宝贝，欲送给保正做进见之礼，不知保正您是否肯收？"晁盖说："足下说的是生辰纲吗？"公孙胜大惊失色，说道："正是这一套富贵，古人有言道'当取不取，过后莫悔'，不知保正意下如何？"

晁盖将他让进屋中，大家相见了，又换了一桌菜肴开怀畅饮。公孙胜说："我已经打听到他们的行踪了，他们从黄泥冈大路上来。"晁盖又向吴用推荐了家住黄泥冈东十里路的白日鼠白胜，吴用十分欢喜。

却说北京大名府梁中书为丈人精心准备了生辰礼物，派杨志带人前去送生辰纲。临行前，杨志命人将准备好的礼物装在十一个担子里，自己则扮成客商，又让十一个身强力壮的禁军打扮成脚夫。

此时正是五月，烈日当空，酷热难行。杨志为了在六月十五日蔡太师生辰之前赶到，便催促众人急急赶路，完全不顾虑他们挑担的劳累。一路走

来,众人都暗中抱怨杨志。

六月初四这一天,众人在崎岖的山路上已走了二十多里,都想坐在树荫下休息一下,但被杨志用藤条赶着不得不继续向前走。

正走着,众人见前方有一座冈子。众人便奔上冈子、卸下担子,到松林树下歇息。杨志见状,拿着藤条赶他们起来。众军汉仍坐着不起身。

这时候,对面松林里有一个人在那里探头探脑。杨志拿了朴刀,赶到松林里看时,只见松林里摆着七辆江州车子,旁边有六个脱得赤条条的人,其中一个鬓边长着朱砂记,手拿一口朴刀。杨志大声问道:"你们是什么人?莫非是劫路的?"那七个人说:"我们弟兄七个是濠州贩枣子的,哪里是什么劫道的。"杨志这才安心返回,与众军汉一起休息。

没过半盏茶的工夫,只见一个汉子挑着一副酒桶,唱着歌走上冈子来,在松林里放下酒桶,坐在树下乘凉。军汉见了便凑钱打算买酒解渴,被杨志喝住,骂道:"你们这伙人懂什么?有多少好汉在路上被麻翻了!"挑酒的汉子听了冷笑道:"好不懂事的客官。"忽见对面松林里那七个贩枣子的客人走了出来,手里都提着朴刀,问:"这里发生了什么事?"那挑酒的汉子说:"我挑着酒要去冈子那边的村子里卖,在这里歇,他们众人要买我酒,这个客官却说这酒里有蒙汗药,你说好笑不好笑。"

那七个人听了便说:"原来如此,我们正好买些来解渴。"说着,七个人站在桶边,把桶盖掀开,轮换着舀酒喝,还把枣子拿来下酒。一会儿工夫,这七个客人就喝光了一桶酒。七个人问了酒价,听说五贯钱一桶,便又让那大汉饶一瓢。大汉不肯,一个客人便到那桶前舀了一瓢,卖酒的大汉去夺,一直把这个客人追到松林里去。又见这边一个客人拿着一个瓢,也在桶里舀了一瓢酒,被赶回来的卖酒大汉又夺过来,把酒倾在桶里,嘴里还埋怨道:"你们这伙客人真麻烦!"

那伙军汉都想喝酒解渴。杨志见那伙贩枣子的人喝了没事,便同意了。不想那卖酒的汉子却赌气不卖酒。贩枣的客人一边劝解,一边把这

41

桶酒提了过来,又送了他们一些枣子下酒。

众军汉站在桶边,把酒都喝光了,杨志也饮了一瓢。不一会儿,众人就觉得头重脚轻,倒下了。那七个贩枣的客人见状,就推着七辆江州车从松林里出来,卸了车上的枣子,把这十一担金珠宝贝装上车,遮盖好了,推下黄泥冈去。众军汉眼睁睁看着金珠宝贝被劫走了,只是挣扎不动,也说不出话来,只在心里叫苦。

这七人正是晁盖、公孙胜、吴用、刘唐、三阮。刚才那个挑酒的汉子便是白日鼠白胜。原来白胜挑上冈子的是两桶好酒,七个人先喝了一桶,刘唐又舀了半瓢喝,故意让他们不起疑心,然后吴用去松林里取出药,抖在瓢里,又做出舀酒喝的样子,趁机把药搅在了酒桶里。这个唤做"智取生辰纲"。

杨志醒来后发现众人还软在地上,便提着朴刀独自下冈。杨志走到一家酒店,向店家要了饭吃了,提了朴刀便往外走。那店里一个妇人追着他要饭钱,杨志说:"我先赊一赊,有了钱便还你。"说完便继续往前走。

只听背后有人大叫一声:"你那家伙不要走!"杨志回头看时,只见一个光着膀子,拖着杆棒的汉子赶了过来,后面跟着两三个拿着杆棒的庄客。杨志挺着朴刀来斗这汉子,这汉子也举着杆棒来迎。斗了几个回合,这个汉子跳出圈外,让杨志报上姓名,杨志拍着胸说:"俺是青面兽杨志。"这汉子听了,纳头便拜。杨志扶起来问他姓名,这汉子说:"小人叫做操刀鬼曹正,原是开封府人,是八十万禁军教头林冲的徒弟。后被本地一个财主叫来做客,又入赘在这个庄农人家。刚才灶边的妇人便是小人的老婆。因刚才见制使身手与师父林教头一样,故此发问。"

曹正和杨志便一同再回到酒店。曹正叫老婆来拜了杨志,又摆了一桌酒食招待杨志。在喝酒的时候,曹正问杨志的来意。杨志便把失陷了生辰纲的事说了一遍。曹正说:"离此地不远处有一座二龙山,山上有座宝珠寺。如今金眼虎邓龙聚集四五百人在那里打家劫舍。制使可到那里去落草,足以安身。"杨志听了大喜,当天晚上在曹正家里住了,第二天一早杨志便向曹正借了一些钱财,拿了朴刀,别了曹正,往二龙山赶来。

走了一天,看看天色已晚,杨志远远地望见一座高山。近处有一座林子,杨志走进林子里,只见一个脱得赤条条的胖大和尚坐在松树根下乘凉,原来是鲁智深。鲁智深说他救了林冲后,高太尉不准大相国寺收留他,无奈之下他想去二龙山宝珠寺安身,寨主邓龙却不肯收留,还把住关口,不让他上山。于是二人住进了操刀鬼曹正的酒店,商量攻打二龙山的事。

曹正听了杨志和鲁智深的想法,说:"我有一计,可让制使扮作庄家,小人把这位师父的禅杖和戒刀都收起来,再叫我的几个伙计用一条打着活结头的绳子把师父绑了,送到那山下去,那家伙看了一定会把我们放进去。等我们见到邓龙时,就拽脱活结头,小人再递给师父禅杖,你们两个一起去斗邓龙,何愁杀不了邓龙,夺不了山寨。"

鲁智深、杨志听了连声称妙。众人依计行事,鲁智深、杨志果然杀了邓龙,夺了山寨。于是,二人便在二龙山落草。

蔡太师得知生辰纲被劫,派人连夜去通知济州知府,速速捉拿这伙贼人归案。济州知府接到公文,责令三都缉捕使何涛限期捉贼。何涛领命回到家中,愁眉不展。此时,何涛的弟弟何清来看望哥哥,得知此事,拍着大腿说:"这伙贼人已经在我招文袋里了。"

何清从招文袋里把一个经折摸了出来,说:"前几天,我在王家客店帮忙写来往客商的信息。我记得,在六月初三的那一天,有七个贩枣的客人推着七辆江州车子到那里安歇。我认得那为首的客人是晁保正,他却说自己姓李,我当时就起了疑心。第二天,我又见白胜挑了桶酒。后来我听说有一伙贩枣子的客人在黄泥冈上劫了生辰纲,我猜正是晁保正、白胜这伙人做的。如今捉了白胜,便可真相大白。"

何涛听了大喜,忙去捉拿白胜,白胜熬不过拷打,只得招道:"晁保正和六个人逼我给他们挑酒,但我并不认得那六个人。"

知府急命何涛前往郓城县去捉拿晁盖。

何涛一行人到了郓城县,先来衙里下公文,遇见了宋江。宋江字公明,排行第三。因为他最肯助危扶困,在山东、河北闻名,被称为"及时雨"。他的母亲早年亡故,只有父亲宋太公和兄弟铁扇子宋清在村中务农。何涛上前通报了姓名,并说明了来意。宋江听说,暗叫不好,原来晁盖是宋江的心腹兄弟。宋江心中慌乱,口中却说:"观察稍等一会儿,待到本官坐厅时,小吏我去请你。"说着便起身出阁去,飞身上马通知晁盖。

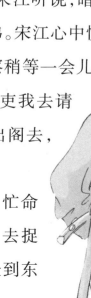

知县看了文书,忙命朱仝、雷横随何涛前去捉拿晁盖。当晚众人赶到东

溪村，只见晁家庄里烈焰腾空。原来晁盖见追兵已近，便命庄客四处放火。朱仝暗中放走了晁盖，让他们去梁山泊安身。朱仝假意追了一阵，便装做跌伤了脚，倒在地上。何涛见众人赶了一夜，一无所获，只得领着兵回去了。

晁盖等人来到梁山泊，王伦带人热情地将他们接进来。

第二天，林冲来拜访晁盖等人。众人见面，林冲说："今天山寨幸得众多豪杰前来入伙，只是王伦忌贤妒能，怕众好汉以强势相压，已有不肯相留之意。我只怕你们生退去之心，特意来告知。"说完林冲向大家告辞，走了出去。

不多时，有小喽啰请晁盖等人到山南水寨亭上赴筵会。众人按主次落座。王伦叫小喽啰取来五锭大银，对晁盖说："各位好汉来此聚义，是山寨之幸。怎奈敝山寨太小，请各位好汉收下薄礼，另投大寨安歇。"

　　话音未落，只见林冲两眼圆睁，大喝道："当初我刚来山寨时，你也拒不收留！今天你又这样对众好汉说，是什么用意？你这个心口不一的落第腐儒，有什么资格做山寨之主！"晁盖等人见状，假意告辞。林冲难忍胸中怒气，从衣襟下抽出一把寒气逼人的刀，一刀插入王伦的心窝，把王伦搠倒在亭子上，割下他的首级提在手里，又说："今日王伦已死，山寨无主。晁兄智勇双全，仗义疏才，我要推立他为山寨之主，不知各位意下如何？"众人齐声称是。

　　话说众人一致推晁盖坐了第一把交椅。林冲又让吴用坐了第二把交椅，公孙胜坐了第三把交椅，林冲自己坐了第四把交椅。随后，刘唐、阮小二、阮小五、阮小七、杜迁、宋万、朱贵等人也依次坐了交椅。

　　几天后，梁山泊头领们得知，济州府派出的军官带领二千人马，乘坐四五百只船前来讨伐。吴用设计消灭了一千多官军，并生擒了济州督察何涛。割下了他的耳朵,把他放了回去。自此,梁山泊一连数天相安无事。

一天,吴用打发刘唐带着一百两金子和书信去郓城县酬谢宋江和朱仝。

宋江这天正在街上走,忽听背后有人叫他,回头一看,原来是做媒的王婆,领着一个婆子。原来有一家姓阎的人从东京来山东投亲,不巧投亲不成,阎公却病死了,阎婆和女儿阎婆惜无钱为其送葬,因此来求宋江相助。宋江听王婆说明了来意,便领阎婆去巷口酒店写了帖子,又让她去县东三郎家取具棺材。那阎婆拜谢了宋江,拿着帖子走了。

阎婆为感谢宋江,便将女儿嫁给了他。宋江就在县西巷内买了一座楼房,购了一些器具,让阎婆母女俩在那里居住。

一天,宋江把后司贴书张文远带到阎婆家喝酒,张文远和阎婆惜一见生情,此后两人渐渐勾搭成奸。

宋江见了刘唐,只收了信,却不肯收金子,刘唐只得告辞离去。

相别以后,宋江正往回走,却遇到阎婆来请宋江回家喝酒。宋江被阎婆强拉着来到阎婆母女的住处。

阎婆惜见了宋江,不理不睬。阎婆置备好酒菜,殷勤相劝,两人却一夜无话。第二天清晨,宋江便离开了。

宋江出了门,突然想起信落在阎婆惜那里了,便匆匆往回赶。

再说阎婆惜发现了信,大喜:宋江勾结梁山泊,是老天成全我和张文远啊!宋江回来向她要信,阎婆惜说可以,只要依她三件事:一是任她改嫁,二是房子和衣物归她,三是要梁山泊的一百两金子。宋江说:"头两件可以,第三件因没收金子,可以以后筹措。"阎婆惜却非要一手交钱一手交信,否则公堂上见。宋江一听,急了,便上前抢信,阎婆惜大叫杀人,宋江便用左手把阎婆惜按住,右手拿刀在她脖子上一抹,血立刻喷溅出来。宋江又补刺一刀,阎婆惜人头落地。宋江见阎婆惜死了,便把信烧了,从楼上走了下来。

这时恰好阎婆往楼上来。宋江告诉阎婆他杀死了阎婆惜，又许给阎婆一具棺材和十两银子，阎婆答应宋江不告官。然后，阎婆和宋江一同来县里取棺材。经过县衙的时候，阎婆大喊一声："来人啊，杀人贼在这里！"宋江慌得夺路而逃。知县听说宋江杀人，便出一千贯钱发了海捕文书，下令各地捉拿宋江。张文远和阎婆得了些宋江的钱物，也就不再追究了。

宋江藏在家里，与兄弟铁扇子宋清商量打算投奔横海郡柴进。到了柴进庄上，弟兄两个受到柴进的热情招待。三人痛快地喝了酒，不觉天色晚了。宋江要出去净手，因喝醉了酒，踉踉跄跄地只顾走。不想那廊下有一害疟疾的大汉把一锹火正在那里取暖。宋江不小心正一脚踩在火锹柄上，把火锹里的炭火掀了在那汉子的脸上。那汉子顿时惊出了一身冷汗，把宋江劈胸揪住，就要来打宋江，正在此时，柴进赶到说："大汉，你不认识这位天下闻名的好汉吗？他就是及时雨宋公明。"那汉子听了纳头便拜，跪在地上不肯起来。宋江见状慌忙将他扶起。

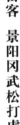

原来那汉子名叫武松,在家排行第二,是清河县人。因在清河县与本处机密相争,一时大怒,一拳把那家伙打死,因此来柴进庄上避难,到现在已经一年多了。后来听说那家伙没死,就想回乡去找哥哥。不巧染上疟疾,在此养病。

宋江听了大喜,自此,每天和武松形影不离。武松陪伴宋江住了十多天,拜宋江为义兄。后来,武松因思念哥哥,要回清河县,便告辞上路了。

武松别了宋江,晓行夜宿,在路上走了几天,来到阳谷县景阳冈。正走得口渴难耐,忽然看见一个酒店,门前挑着一面写着"三碗不过冈"的招旗。武松进了酒店,向店家要了牛肉和酒,痛快地吃了起来,一口气喝了三碗酒,再要店主就不给了,说这酒喝三碗就醉,过不了景阳冈。武松却执意要酒,店主无奈,只得又筛酒。武松一连喝了十八碗酒,算还了酒钱,提着哨棒走了出来。店家赶出来,说:"如今前面景阳冈上有只吊睛白额大虫,经常出来吃人,已经坏了二三十条大汉的性命。官府如今责令猎户擒捉大虫。冈子路口上都有榜文:让往来客人结伙成队,限时过冈。如果是那单身客人,也务必要成群结伙才过。我见你走路都不问人,怕你白白送了性命。你不如就在我这里歇上一夜,等明天慢慢凑上二三十人,一齐好过冈子。"武松听了并不相信,径自往景阳冈而来。

一轮红日已经落下山去。武松乘着酒兴,只管走上冈子。走不到半里,看见一个败落的山神庙。这庙门上正贴着一张印信榜文。武松读了印信榜文,才知道真的有大虫,欲待转身再回酒店,又寻思:"我回去时定会让他耻笑。怕什么鸟！先只顾走上去，看能怎么样！"

　　武松走了一阵后便觉酒力发作，身体开始焦热，奔过乱树林，便在一块大青石上倒下。正待要睡，只觉起了一阵狂风。那一阵风过后，忽然从背后跳出一只吊睛白额大虫。武松见了，翻身下来，拿起那条哨棒闪在青石边。那大虫又饥又渴，把两只爪子在地上略按一按，往上一扑，从半空里蹿下来。武松大吃一惊，酒都作冷汗出了。

　　说时迟，那时快，武松见大虫扑来，只一闪，闪在大虫背后。那大虫从背后看人最难，便把前爪搭在地下，把腰胯一掀，想把武松掀起来。武松又一躲，躲在一边。大虫见掀不到他，大吼一声，然后把这铁棒似的虎尾倒竖起来一剪。武松又躲了过去。那大虫一扑，一掀，一剪，都没成功，气性已没了一半。

水浒传

SHUIHU ZHUAN

水浒传

　　武松见那大虫翻身转了过来,双手立即抢起哨棒,尽平生气力,从半空劈下来。只听得一声响,簌簌地将那树连枝带叶劈脸打下来。武松定睛看时,原来慌了,一棒没劈着大虫,正打在枯树上,把那条哨棒也折成两截,只拿得一半在手里。那大虫咆哮,性发起来,翻身又是一扑。武松又只一跳,退了十步远。那大虫恰好把两只前爪子搭在武松面前。武松把半截棒丢在一边,两只手顺势把大虫顶花皮一把揪住,用尽力气按住,不肯放松。

　　武松左手紧紧揪住大虫的顶花皮,腾出右手,提起铁锤般大小拳头,尽平生之力只顾打。打到五六十拳,那大虫眼里、嘴里、鼻子里、耳朵里,都流出了血,更加动弹不得,只剩下嘴里喘着粗气,不久便断了气。

　　武松站起来到青石上坐了一会儿,寻思道:"我怎么才能拖得这死大虫下冈子去?"武松在血泊里用双手来提时,哪里提得动。原来就已使尽了气力，手脚都发软了。于是武松只得挣扎走下冈去，第二天又找人上山来抬虎。

武松打虎一事，很快就轰动了整个阳谷县，遂被知县封为阳谷县步兵都头。

一天，武松走出县衙闲逛，只听背后有一个人叫："武都头，你今日发迹了，怎么不照顾我？"武松回头一看，翻身便拜。那个人不是别人，正是武松的亲哥哥武大。

武大领着武松，转过几个弯，来到紫石街一个茶坊隔壁。武大叫了一声："大嫂，快开门！"只见一个女人掀开帘子说："今天回来得真早啊！"武大拉着武松进屋，对武松说："兄弟，快与你嫂嫂相见！"武松纳头便拜。

转日，武松收拾了行李来哥哥家住。嫂嫂潘金莲喜笑颜开。

　　自此，潘金莲每天殷勤地招待武松，武松便安心地在武大这里住下。不觉过了一个多月，看看已是十二月天气。

　　这一天，刮起了北风，又下了一天大雪。武大被潘金莲赶出去卖炊饼，武松去县里画卯，到日中还没有回来。潘金莲央求隔壁王婆买了些酒肉，又去武松房里生好一盆炭火。待武松回来，潘金莲摆好一桌饭菜，又去给武松暖酒，然后自己也端了一盏酒，喝了一小口，递给武松说："如果你对我有意，就喝了这半盏酒。"武松听后不禁心生怒气，伸手夺下酒盏，把酒泼在地上，瞪着眼睛说："武松是个做事光明磊落的好汉，嫂嫂为什么这样不知廉耻，若嫂嫂一意孤行，武二的拳头就不客气了。"潘金莲听后又羞又恼，不觉气红了脸，讪讪地端着盏碟到厨房里去了。武松在房里气呼呼地坐着。

　　不多时，武大卖完炊饼挑着担子回来了。潘金莲向武大告状说武松调戏

她。武大不信，来到武松房里找他喝酒。武松也不喝酒，寻思了一会儿，就回县衙去住了。

转眼过了十多天。这一天，知县派武松把一些金银送往东京亲眷处。武松向哥嫂辞了行，便上路了。

初春的一天，潘金莲用竹竿挑帘子时，失手把竹竿弄掉了，打在了路过的西门庆头上。潘金莲连忙赔罪，西门庆见她是个颇有姿色的妇人，心生邪念，就笑说："不碍事。"西门庆去求潘金莲的邻居王婆从中撮合，正好潘金莲对西门庆也有意，从此，两人天天在王婆家相会。

有个卖水果的郓哥，平时经常能得到西门庆的救济。这一日郓哥出门找西门庆讨钱，有人让他来王婆茶坊里找西门庆，没想到却挨了打，便找到武大郎，将潘金莲和西门庆偷情的事告诉了他。

两人直奔王婆处，郓哥拦住王婆，武大郎冲进屋中，却被西门庆一脚踢下楼去。潘金莲和王婆见武大口吐鲜血，面色蜡黄，急忙搀起他回到家里，服侍他在床上睡了。

次日，西门庆听说没事，又去王婆家与潘金莲厮混。他们都盼着武大早死，谁知武大在床上躺了五天，就是不咽气。于是三人合计用砒霜毒死了武大郎。潘金莲假哭了一阵。

次日天大明，王婆买了棺材，去请团头何九叔

55

将武大郎入殓。何九叔看出武大郎是被人毒害而死,但因惧怕西门庆是个刁徒无法明说,就撺掇潘金莲烧化棺材。何九叔又想办法调开了潘金莲和王婆,用火夹拣了两块骨头,拿到澥骨池内一浸,骨头酥黑。那何九叔把骨头带回家中,用纸写了年月日期、送丧人的名字,和银子一起包了,用一个布袋盛着,放在房里。

两个月后武松回来,潘金莲假哭告诉他武大郎害心疼病暴亡,武松不信,便去找何九叔问个明白。

何九叔见武松前来,便将两块酥黑骨头并一锭十两银子与武松看了,将事情经过述说了一遍,还说要想知道奸夫是何人,须问街上卖梨子的郓哥。武松便同何九叔一同来寻郓哥。

郓哥见了武松,也将事情原委一一道来。武松便同二人一起来到县厅上,状告西门庆与潘金莲通奸,毒害武大。谁知知县与西门庆相熟,西门庆拿银子贿赂了知县,知县暗中维护西门庆,不准武松相告。武松见不准告,便将骨头和银子交给何九叔收下,自行离了县衙,买了

纸砚笔墨藏在身边。武松又叫两个士兵买了熟肉果品,带了几个士兵请了邻居街坊回到家中。

武松假意是答谢众邻,实则是在武大郎灵前逼问潘金莲真相。潘金莲只得从实招说,武松命她画押,又请众邻作证,便一刀割下潘金莲的头来。

武松又去找西门庆,得知他在狮子楼喝酒,就提着潘金莲的头来到那个酒楼,把潘金莲的头朝西门庆的脸上扔过去。西门庆见是武松,大吃一惊,飞起右脚来踢武松,把武松右手的刀踢下了楼。西门庆又一拳打向武松的心窝,被武松躲过。武松乘势左手带住西门庆的头,连肩胛一提,又用右手抓住他的脚,把他扔到街心上去了。武松提了潘金莲的头,也跳了下去,一刀割了西门庆的头,把两颗头结在一起,用手提着,叫上邻舍,一起来见知县。

水浒传

SHUI HU ZHUAN

水浒传

第十回

武松醉打蒋门神 施恩重霸快活林

　　知县得知武松杀了人，但念他是个义气烈汉，便将他解押到本管东平府，申请发落。

　　东平府陈府尹也哀怜武松是个有义的烈汉，也把卷宗改轻了，申去省院详审议罪。刑部官把这件事禀过了省院官，议下罪犯，令将武松脊杖四十，刺配二千里外，又将王婆凌迟处死。这天，两个差人押着武松一直来到十字坡的一个酒店，三人进店后，差人给武松除了枷，坐定，店家端来酒、肉和包子。武松见酒浑，知是放了蒙汗药，就趁妇人转身时把这酒泼在僻暗处，还故意咂道："好酒！还是这酒够劲儿！"

　　那妇人只到外面走了一会儿就回来了，见两个差人和武松都扑倒在地，命两个大汉先把两个差人扛了进去。然后

两个大汉又回来抬武松，却抬不动，妇人亲自把武松提起来，不想武松刚才是故意扑倒，这时武松乘势抱住那妇人，把她的手束缚住，使她动弹不得，那妇人便大叫起来。这时候，有一个大汉奔了过来，向武松赔礼，央求武松放过那妇人。原来这个大汉名叫菜园子张青，那妇人是他的妻子，叫做母夜叉孙二娘。他们夫妻两个在大树坡下开了这个酒店，专用蒙汗药蒙倒来往客商，然后把他们的肉割下来做成包子馅。武松见这大汉赔话，便放开了那妇人，让他们各自报上姓名，把话都说开了。武松让张青把那两个差人放了出来，几个人坐在一起喝酒，说些闲话。住了几日，武松便辞行，张青置酒送行。不久，两个差人便押着武松到了安平寨牢营。在那里，武松天天好酒好肉被人服侍，心中诧异。武松便问军汉酒肉是谁送的，军汉说是小管营金眼彪施恩。武松便要见施恩。

施恩见了武松便拜，道："小弟久闻兄长大名，今日幸得兄长到此，

正要拜识威颜，因有事相求，只恨无物款待，因此怀羞，不敢相见。"武松问是何事，施恩道："小弟此间东门外有一座市井，唤做快活林。凡是山东、河北的客商们，都到那里做买卖，有百十处大客店，二三十处赌坊、兑坊。往常时，小弟一者倚仗随身本事，二者捉着营里有八九十个弃命囚徒，去那里开了一个酒肉店。近来被这本营内张团练，新从东潞州带来一个人。那家伙姓蒋名忠，人称蒋门神，有一身好本事。他来夺小弟的道路。小弟不肯让他，被那家伙一顿拳脚打了，两个月起不得床。前日兄长来时，直到如今，伤痕未消。本想带人去和他厮打，他却有张团练那一班正军。若是闹起来，先自折理。所以至今无法报仇。久闻兄长是个大丈夫，想请兄长替我报仇。"

武松听了，答应帮施恩夺回快活林。

这天，武松来到快活林酒店，命酒保上好酒，又问道："你那主人家姓什么？"酒保答道："姓蒋。"武松道："却如何不姓李？"酒保知他来闹事，忙去报蒋门神。蒋门神见说，吃了一惊，便赶将来。蒋门神见了武松，心里先欺他醉，只顾赶将来。说时迟，那时快。武松先把两个拳头去蒋门神脸上虚晃一下，忽地转身便走。蒋门神大怒，冲上来，

却被武松一飞脚踢中小腹。蒋门神双手按住小腹，便蹲下去。武松一趸，趸将过来，那只右脚早踢起，直飞在蒋门神额角上，正好踢中，蒋门神往后便倒。武松追入一步，踏住他的胸脯，提起这醋钵儿大小拳头，往蒋门神脸上便打，打得蒋门神在地下叫饶。武松让他交出快活林，并且立即离开孟州。蒋门神无可奈何，只得一一应允。

武松帮施恩夺回快活林后，一天，几个军汉带武松去见张都监。张都监是管营的上司，说久闻武松大名，要收他做亲随。武松连忙谢恩，从此留在都监府。

自此武松在张都监宅里,得到张都监宠信,只要外人有些公事来央求他的,武松对张都监说了,无有不依。外人都送些金银、财帛、绸缎等给武松。武松便买个柳藤箱子,把这些东西都锁在里面。

时光飞逝,转眼又到了八月中秋。

当晚,武松正要睡去,听见后堂里有人大喊"有贼"。武松听了,直奔花园。不提防黑影里扔出一条板凳,把武松一跤绊翻,走出七八个军汉,叫一声:"捉贼!"就把武松用一条麻索绑了。武松急叫道:"是我!"众军汉哪容他分说。

众军汉把武松一步一棍打到厅前。武松叫道:"我不是贼,是武松!"张都监看了大怒,变了脸色,喝骂道:"这个贼配军,本是个强盗,贼心贼肝的人!且把武松押去他房里,搜看有无赃物!"

众军汉把武松押着,一直到他房里,打开他那柳藤箱子看时,上面都是些衣服,下面却是些银酒器皿,约有一二百两赃物。武松见了,目瞪口呆,只得叫屈。张都监连夜派人把武松送官,武松情知不妙,只得屈招。

知府当厅把武松断了二十脊杖,刺了金印,取一面七斤半铁叶盘头枷钉了,押一纸公文,差两个壮健差人押送武松,定了日期要起身。武松忍着气,带上行枷,出得城来,两个差人监在后面。三人约行了一里多路,只见施恩从官道旁边酒店里钻出来,施恩看着武松道:"小弟在此专等兄长。"武松见施恩包着头,络着手臂,便问道:"你怎么变成这副模样?"施恩把半个月前蒋门神带着一伙军汉闯进快活林,打伤了他,重霸快活林的事说了一遍。又暗暗地塞给武松两件棉衣和一帕子散碎银子，提醒他提防两个差人，就拜辞了武松，哭着去了。

　　武松和两个差人继续上路，行至飞云浦，只见前面路边有两个人提着朴刀，各携口腰刀，先在那里等候。见了差人监押武松到来，便跟着一路走。武松又见这两个差人与那两个提朴刀的挤眉弄眼，打些暗号，却不做声。

　　武松见了，立住道："我要净手。"那个差人走近一步，却被武松叫声："下去！"飞起一脚把那个差人踢下水里去。这一个差人正要转身，武松右脚早起，"扑通"一声将他也踢下水去。那两个提朴刀的汉子见此情形，往桥下便走。武松喝一声："哪里去！"把枷只一扭，折做两半，扯开封皮，拿来撇到水里，赶下桥来。那两个汉子先惊倒了一个。武松奔上前去，一拳打翻那个走的，夺过朴刀便刺，那人便死在地上。武松又转身回来揪住另一个汉子喝道："你实说，我便饶你性命！"那人道："小人两个是蒋门神的徒弟，今被师父和张团练定计，使小人两个来帮

水浒传
SHUI HU ZHUAN

送差人，一起来害好汉。"武松道："你师父蒋门神现在在哪里？"那人道："小人临来时，他正和张团练一起都在张都监家里后堂鸳鸯楼上喝酒，专等小人回报。"武松道："原来这样！却饶你不得！"手起刀落，也把这人杀了，又解下他的腰刀来，拣好的带了一把。武松提着朴刀，奔回孟州城里来。

武松寻到鸳鸯楼，在门外听得那张都监、张团练、蒋门神三个正在庆贺杀死武松一事，且说了些陷害武松的内幕。

武松听了大怒，右手持刀，左手叉开五指，抢入楼中。蒋门神见是武松，急待挣扎时，武松早落一刀，劈脸剁着，把人和交椅都砍翻了。那张都监刚刚动了动脚，被武松当时一刀，齐耳根连脖子砍着，扑地倒在楼板上。两个都在挣命。这张团练料到走不了，便提起一把交椅抢来。武松早接住，就势只一推，那张团练往后便倒了。武松赶过去，一刀先剁下头来。蒋门神有力，挣扎起来。武松左脚早起，翻筋斗踢一脚，按住也割下他的头，转过身，把张都监也割了头。见桌子上有酒有肉，武松拿起酒盅子，一饮而尽，连吃了三四盅，便去死尸身上割下一片衣襟来，蘸着血，在白粉壁上写下八字道：

"杀人者，打虎武松也！"

事后，武松逃出城去，途中又遇到张青、孙二娘夫妇。张青见官府搜捕得紧，便让武松扮成行者，用头发遮住脸上的金印，去投奔二龙山宝珠寺。

这天，武松在孔家庄见到宋江，便对他说了自家事情，又说要去投二龙山。宋江说清风寨寨主小李广花荣要请他去，二人便分别投二龙山和清风寨。

这清风山上有三个好汉率着几百个小喽啰占山为王。为头的绰号锦毛虎燕顺，第二位绰号白面郎君郑天寿，第三位绰号矮脚虎王英。

这天，小喽啰们从山下劫了一个妇人上山。矮脚虎王英是一个好色之徒，就把这个妇人留在了自己的房中。宋江听说这妇人是清风寨刘知寨夫人，又想刘知寨是花荣同僚，况且花荣正是他要找的人，所以劝说燕顺将那妇人放了。王英并不乐意，直到宋江答应日后再为他寻个更好的后才不理会，同意放走了那妇人。

又住了几天，宋江坚持要下山去找花荣。燕顺、郑天寿、王英再摆酒席，送别了宋江。宋江离开清风山，独自一人来到清风镇上，打听到花荣的住处。

花荣见到宋江，大喜。当日筵宴上，宋江将救刘知寨夫人的事告诉了花荣。

元宵节待近,清风寨镇上的居民都准备庆赏元宵,宋江前去看花灯。不料被刘知寨夫人看见了,她便悄悄地指给丈夫说:"看!那个黑矮汉子就是清风山上的贼头。"刘知寨听了,便叫亲随六七人,将宋江捉住。

宋江见到刘知寨夫人,说:"夫人怎么不记得当初是我全力救你下山,现在怎么反而把我当贼?"

那妇人听后大怒,指着宋江大骂:"这样的赖皮赖骨,不打如何肯招!"不多时,宋江被打得皮开肉绽,鲜血直流。

花荣忙奔到刘知寨寨里救出了宋江。宋江担心惹麻烦,忙去清风山躲避。

刘知寨是一个很有心计的文官。当下就寻思:"花荣夺走宋江,必然连夜送他上清风山,我今夜就去拦截他,然后暗中报官军,到时将宋

江、花荣一起捉去,我便可独霸清风寨!"当晚,刘知寨依计行事,果然将宋江捉到绑了。

之后,刘知寨到青州府告花荣勾结小贼,青州慕容知府忙命都监黄信去捉拿花荣。那青州地面所管下有清风山、二龙山、桃花山三座山。这三处都是强人草寇出没的地方。黄信却自夸要捉尽三山人马,因此叫做"镇三山"。

黄信和刘知寨设计将花荣捉住。黄信便押着囚车,一同奔青州府来。他们走了不过三四十里,就在前面见到一座大林子。林子中跳出三个好汉,正是锦毛虎燕顺、矮脚虎王英、白面郎君郑天寿。

黄信抵挡不住三人的猛烈进攻,独自飞马逃回清风镇。众人救了花荣和宋江。

慕容知府得报，命兵马统制秦明前去捉拿反贼。因为他性格急躁，声若雷霆，因此人们都称他霹雳火秦明。秦明的祖上是军官出身，使一条狼牙棒，有万夫不当之勇。

秦明听说花荣造反，便带着一百马军，四百步军，飞奔清风寨。后来秦明与花荣交战失败后被两边埋伏的挠钩手捉到，再押到山寨。花荣见后忙给秦明松绑并设宴款待他。燕顺请秦明留下多住几日，秦明坚决不肯。

花荣又劝，秦明便留了一宿，第二天返回青州。不料慕容知府却说秦明昨晚领人来攻城，还杀人放火。慕容知府已把秦明的妻子杀了。秦明解释不得，只得叫屈。城上弩箭如雨点般射下来，秦明只得回避。

秦明回马到瓦砾场上，感到生不如死。走了不到十里，只见林子里转出五个好汉，正是：宋江、花荣、燕顺、王英、郑天寿。五人见了秦明，跪下便拜。原来是他们昨晚冒充秦明攻城。秦明看到众人心诚，又无其他办法，只好答应和众人一起落草，并把黄信也叫来入伙。

宋江等人又在黄信的接应下攻下清风寨，杀了刘知寨一家。慕容知府上奏朝廷，请求大军进剿清风山。宋江建议去梁山泊入伙，大家一致赞同。

第十三回

宋江和燕顺先行，不巧在一处酒店遇到一位好汉正要找宋江，那好汉自报姓名叫做石勇，因赌博打死一个人，所以逃到柴进庄上。听得宋江的大名，特意前来投奔宋江。宋江听了以后，自报了姓名，石勇便取出一封家信，递给宋江道："此乃在郓城见到四郎时，四郎写下的，叫小人见到哥哥时一定要亲手转交给哥哥。"宋江见到信后大哭一阵，原来是宋清的来信，信上说宋太公去世了，要宋江马上回家奔丧。

宋江连夜赶归，才知道父亲并没有去世，便埋怨兄弟宋清。宋太公走出来，说："不干你兄弟的事，我每天思量见你一面，因此叫四郎只写我殁了，你便归来得快。都是我的主意，不关四郎的事，你不要埋怨

他。"宋江听了不觉忧喜相伴。

宋太公又说:"近闻朝廷册立皇太子,已经降下一道赦书,民间犯了大罪的人都减去一等科断,现在已经通知各地施行。就是到官,也只落个徒流之罪,不至于害了性命。"

宋江问:"朱仝、雷横两位都头曾来过庄上吗?"

宋清说:"我前天听说,他们两个都差出去了,朱仝被差往东京,雷横不知被差到哪里去了。现在县里新添两个姓赵的人来负责掌管公事。"

到了深夜,两位姓赵的都头听说宋江回来,便带人将宋家围住,准备拿宋江归案。宋江已知罪犯被赦宥,一定不会死,便同他们见了官。知县审后,将宋江刺配江州牢城。

两个差人张千和李万押着宋江前行,经过梁山时,晁盖将宋江请到山寨说话,吃过饭后留宋江等人住了一夜。第二日,宋江便坚持要走,吴用连夜写了封信交给宋江,并让宋江到了江州找戴宗,把这封信交给他,定会得到他的帮助,又说那人颇有道术,能日行八百里。宋江听后连连道谢。

别了晁盖,宋江等一行三人来到揭阳岭前,便在一个酒店住下,不想,这家店竟是黑店。店家将三人用蒙汗药迷倒,推到了人肉作坊里。正巧有三人奔上岭来寻宋江,因那店主人认得这三人,便说:"捉了三个人,但不知是不是你们要找的。"这三人忙赶到人肉作坊,看了差人的公文方知这正是宋江等人。店主人忙取来解药救醒宋江。见宋江醒了,一个大汉说:"小弟是李俊。在江中以撑船为生,人称混江龙,这两个兄弟是景阳江边人,以贩私盐为生,也习水性,一个叫出洞蛟童威,一个叫翻江蜃童猛。"说着又指着店主道:"他是靠做私商道路的,人称催命判官李立。"

李立于是安排酒食款待宋江和两个差人。第二天相别,宋江、李俊、童威、童猛以及两个差人下岭来,先到李俊家歇下,李俊又置备酒

食，认宋江为兄，之后宋江继续前往江州来。

宋江和两个差人走到一个镇上，见一群人围住一个使棒卖膏药的。宋江等三人便看了一会儿，那人使完棒便拿出盘子收钱，宋江见无人给钱，便叫差人取了五两银子给他。这时，一个大汉从人群中出来，喝道："这人在哪里学的枪棒功夫，还敢在这揭阳镇耍威风。我已命众人不准给钱，你是哪儿来的，敢不听我？"说毕，提起双拳打来。宋江躲开了，使棒的教头将那挑衅的大汉一脚踢翻在地。那大汉爬起来便往南走了。

宋江回身问："教头高姓，何处人氏？"

教头回答："小人是河南洛阳人，姓薛，名永，江湖上人称病大虫。祖父是老种经略相公帐前军官，只因为得罪了同僚，不得升用，子孙靠使棒卖药度日。"

宋江说："小人姓宋，名江，山东郓城县人。"

薛永问："哥哥可是山东及时雨宋公明？"

宋江说："我便是。"

薛永听了，纳头便拜。宋江又把一二十两银子送给薛永，和两个差人自去了。

宋江和两个差人走至一条江边，后面却有先前被打的大汉带人赶来。宋江见江边有一艄公，便请那艄公救命。艄公让三人上了船，把橹一摇，船很快荡在江心。岸上那伙人喊着让艄公划回岸边，艄公不听，依旧荡着船。

看看离江岸远了，艄公突然放下橹，要他们脱了衣裳，跳下水去。

这时只听江面上传来咿咿呀呀的摇橹声。远远望见一只快船顺流而下，船上有三个人，一个大汉手里横着托叉，站在船上；船头两个后生摇着两把快橹。星光之下，那只船早到面前。那船头上横叉的大汉喝道："前面是什么艄公，敢在这里行事？船里货物，见者有份儿！"这艄公回头看了，慌忙说："原来是李大哥！"大汉说："张家兄弟，船里有什么行货？"艄公回答："岸上一伙人赶着这三头行货，来我船里。却是两个乌差人，押解一个黑矮囚徒。赶来的一伙人却是镇上穆家哥儿两个，一定要讨这三个人。我没有还他们。"

船上那大汉说："那个囚徒恐怕是我哥哥宋公明吧？"宋江听这声音熟，在舱里叫："船上好汉是谁？救救宋江！"那大汉失惊，说："真是我哥哥！幸亏还没有做出来！"原来那船头上站的大汉正是混江龙李俊。背后船梢上两个摇橹的：一个是出洞蛟童威，一个翻江蜃童猛。

李俊救出宋江。原来那艄公也是好汉，姓张名横，绰号船火儿，专在浔阳江上打劫过往客人。因不知宋江模样，险些伤了他们。双方相见了，张横便介绍弟弟张顺给宋江说："这是小人的亲弟弟，生得一身白肉，又识得好水性，人们都唤他做浪里白条张顺。我两人原在这浔阳江上以打劫过往客人为生，如今都改了业，在浔阳江打鱼，做些买卖度日。"

三个人奔村里来，张横见穆家哥俩仍未回去，便叫他们两个来拜见宋江。这穆家两兄弟原来是没遮拦穆弘和小遮拦穆春。众人又款留了宋江几日。

宋江到了江州后，取出吴用的信交给戴宗。戴宗请宋江喝酒时，遇见了一个黑凛凛的大汉，戴宗说："这个大汉名叫李逵，是沂州沂水县百丈村人，人唤黑旋风。乡中都叫他李铁牛，因他打死人，流落在这江州，武功十分了得。"说完便唤李逵拜见宋江，宋江见李逵果然是个好汉，心中也十分欢喜。

第十四回
宋江醉酒吟反诗 戴宗走险传假信

这天宋江独自在浔阳楼喝酒,把酒凭栏,倚窗畅饮,临风触目,感恨伤怀,作《西江月》一首,题于酒楼的粉壁上:

自幼曾攻经史,长成亦有权谋。恰如猛虎卧荒丘,潜伏爪牙忍受。不幸刺文双颊,哪堪配在江州!他年若得报仇,血染浔阳江口!

心在山东身在吴,飘蓬江海漫嗟吁。他时若遂凌云志,敢笑黄巢不丈夫!

宋江写完诗,又在后面大书了五个字:"郓城宋江作"。写完之后,掷笔在桌上,拂袖下楼,踉踉跄跄地回营去了。

这江州对岸有一个无为军,那里有一个通判,姓黄,名文炳。这人虽然喜读经书,却是阿谀谄

佞之徒，心胸狭窄，嫉贤妒能，专在乡里害人。这天他登上浔阳楼，凭栏消遣，观见壁上题诗很多，当看到宋江题的《西江月》时，大惊道："这个却是反诗！"只见后面写着"郓城宋江作"五个大字。

　　黄文炳忙抄了诗去通告知府。这知府是当朝太师蔡京的儿子，蔡知府随即升厅，命人去牢城营捉拿宋江，把宋江用死囚枷锁了，押到大牢里收监。

　　黄文炳又说："可快快写一封信，派人星夜到京师，报告尊府恩相，如果要活的，便用一辆囚车押解到京；如果不要活的，就在本地斩首号令，以除大害。"

　　蔡知府写了家信，印上图章，又安排了两封信笼，打点了金珠宝贝，上面都贴了封皮，假装成生辰寿礼，命戴宗送去。戴宗行至梁山泊时,信误被朱贵拆开,这才知道蔡知府是要谋害宋江,二人急急忙忙找吴用商议。吴用骗来善写蔡京字体的萧让和雕刻图章印记的金大坚上山,伪造了一封假回信,命蔡知府押宋江入京,众好汉路上再劫车救人。

戴宗回到江州,蔡知府见了父亲的信,便要差人将宋江马上押到京城。

不料,黄文炳见了信,却说信是假的。知府说:"通判错了,这的确是家尊的笔迹,怎么不是真的?"黄文炳说:"假在印章上。这个印章是令尊做翰林学士时使用的,有很多人见过。现在令尊升做太师丞相,怎么还能用原来的印章?更何况是父亲寄信给儿子,不会使用讳字印章的。"

蔡知府叫来戴宗,细细盘问,果真发现了破绽。戴宗被严刑拷打,挨不过,只得如实招了。蔡知府便下令把宋江和戴宗押赴市曹斩首。

到了第六天早晨,蔡知府派人从牢里把宋江、戴宗两个提出来,押到市曹十字路口,只等午时三刻监斩官到来开刀。

这个时候,只见法场东边,有一伙弄蛇的丐者,强行要挨进法场里看热闹。又见法场西边,有一伙使棒卖药的也强行要进来,与押解的士兵大声吵闹起来。正闹着,只见法场的南边,有一伙挑担的脚夫又要挤进来。法场北边,有一伙客商推着两辆车子过来,一定要挤进法场。

不过多时,时辰已到,刽子手正要行刑,只见一个客人敲了两声锣,四下里一起动手,将宋江劫出

了法场。原来是晁盖领着众英雄来劫法场，又有李逵等也来救宋江。众人背着宋江一直逃到江边，到一座白龙神庙中歇下。花荣对晁盖说："哥哥，前面有大江拦截，又没有船只接应，如果官军这时杀来，我们该如何迎敌？"正说着，只见江面上出现了三只棹船，那船上人人都手执兵器。当头那只船上坐着一个大汉，倒提着一把明晃晃的五股叉。

宋江向船的那边看，发现不是别人，正是张顺。宋江连忙招手，叫道："兄弟救我！"张顺等人见是宋江，大叫道："好了！"飞快地摇船来到岸边。一行人都上岸来到庙前。张顺拜道："自从哥哥吃了官司，兄弟坐立不安！近日又听说戴院长被拿，今日我们正要杀入江州，劫牢去救哥哥，不想哥哥已经被好汉们救出。这伙豪杰，便是梁山泊的义士们吗？"

宋江指着上首站的人说："这个便是晁盖哥哥。你们众位都来庙里叙礼。"张顺等九人，晁盖等十七人，宋江、戴宗、李逵，共是二十九人，都进白龙庙聚会。这便是"白龙庙小聚会"。

众人又设计杀了黄文炳，一起前往梁山。途中经过黄门山，又遇到了四位好汉，分别是欧鹏、蒋敬、马麟、陶宗旺。那四人武艺高强，收拾了财帛金银，便随着宋江一行人前往梁山泊。

到了山寨，宋江坐上了第二把交椅。几天以后，宋江想回家乡一次，接父亲和兄弟上山。众人不方便拦阻，宋江便只身下山去接父亲和兄弟上梁山泊。

水浒传
SHUI HU ZHUAN

途中，济州的赵都头发现了宋江，便领人来追。宋江躲进一座玄女庙中，藏于神龛中。两个青衣童子来见宋江，说道："小童奉娘娘法旨，请星主赴宫。"

青衣童子将宋江引到一所宫殿前，进入一个大殿中，宋江不觉肌肤战栗，毛发倒竖。宋江跪下便拜，只听娘娘法旨道："宋星主，传给你三卷天书，你可替天行道：为主全忠仗义，为臣辅国安民。去邪归正，他日功成果满，必为上卿。我有四句天言，你当牢记，终身受用，勿忘于心，勿泄于世。"宋江再拜："愿受天言，臣不敢轻泄于世人。"娘娘法旨道："遇宿重重喜，逢高不是凶。北幽南至睦，两处见奇功。"宋江听完，再拜谨受。娘娘法旨又道："此三卷天书，可以善观熟视。但只可与天机星同观，不能让其他人看见。功成之后，便可焚毁，勿留在世。"然后便令童子急送星主回去，青衣童子一推，宋江大叫一声，却撞在神龛内，醒来乃是南柯一梦。

宋江爬起来看时，月影正午，料是三更时分。宋江往袖子里摸，果真有三卷天书。此时，梁山泊众好汉来迎接宋江，正赶上追杀宋江的赵都头等人，李逵一斧劈了赵都头。原来宋江下山后，晁盖吴用等人不放心，就派李逵等人接应。戴宗等人又将宋太公全家接到山上，宋江再次拜谢大家。

众人回到聚义厅，又摆筵席庆贺宋江父子团聚。公孙胜忽忆起老母尚在蓟州，离家日久，甚是挂念，因此于席上起身对众头领言明，欲回乡探亲，晁、宋二人俱依依不舍。公孙胜于席上就告别下山了。

散席以后，众头领正要上山，只见黑旋风李逵在关下放声大哭起来。宋江连忙问道："兄弟，你为什么烦恼？"李逵哭道："干鸟气吗！这个也去取爹，那个也去看娘，偏铁牛是从土坑里钻出来的！"晁盖便问道："现在你打算做什么？"李逵道："我只有一个老娘在家里，我的哥哥在别人家做长工，如何养得起我娘？我要去接她来这里，快乐几时也好。"宋江道："兄弟，你不要焦躁。既是要去接母亲，只依我三件事，便放你去。"李逵道："哥哥，你先说哪三件事。"宋江道："第一件，去了便回，不可吃酒；第二件，因你性急，谁肯和你同去，你只悄悄地接了母亲便来；第三件，你使的那两把板斧，休要带去。路上小心在意，早去早回。"李逵道："这三件事有什么依不得！哥哥放心。我今日便行。"当时李逵收拾利落，只带上一口腰刀，一口朴刀，带了一锭大银和三五个小银子，喝了几杯酒，别了众人，便下山来，过金沙滩去了。

晁盖、宋江和众头领送走了李逵，回到大寨里聚义厅上坐定。宋江放心不下，便差李逵的同乡杜迁下山去接应他。

李逵独自一人离了梁山泊，取路来到沂水县界。一路上李逵不喝酒，因此不曾惹事。行至沂水县西门外，见一群人围着榜看。李逵也立

水浒传
SHUI HU ZHUAN

水浒传

在人丛中,听人们读道:榜上第一名正贼宋江,系郓城县人;第二名贼戴宗,系江州两院押狱;第三名从贼李逵,系沂州沂水县人。李逵在背后听了,正待指手画脚,却见朱贵上来把他拦腰抱住,暗暗劝住,李逵这才继续赶路。

李逵赶到董店东时,日已平西。径奔到家中,推开门,进入屋中。只听得娘在床上问道:"是谁进来了?"李逵看时,见娘双眼都盲了,正坐在床上念佛。李逵道:"娘!铁牛回来了!"娘道:"我儿,你去了许多时,这几年在哪里安身?我时常思念你,眼泪流干,因此瞎了双目。你现在做什么呢?"李逵寻思道:"我若说在梁山泊落草,娘定不肯去。我只假说便了。"李逵应道:"铁牛如今做了官,特来接娘一同去享福。"娘道:"恁地却好也!只是你怎生和我去得?"李逵道:"铁牛背娘到前路,却觅一辆车子载去。"便提了朴刀,背了娘,出门奔小路便走。

李逵背着他娘走到沂岭。李逵的娘口渴难耐,李逵便让娘坐在一块大青石上,在侧边插了朴刀,自己到山顶上庵里拔了石香炉,又到溪边舀了半香炉水,再寻旧路,急急地走上岭来,却不见了娘。走了不到三十余步,只见草地上一段血迹。李逵见了,心里越发疑惑。顺着那血迹寻去,寻到一处大洞口,只见两个小虎正在那里舐一条人腿。李逵心头火起,赤黄须竖立起来,将手中朴刀挺起,打死了两个小虎。只见那母大虫张牙舞爪,向窝里扑去。李逵道:"正是你这畜牲吃了我娘!"放下朴刀,从胯边掣出腰刀,用尽平生力气,舍命一戳,正中那母大虫粪门。李逵使得力重,把那刀靶也直送入肚里去了。那母大虫吼了一声,带着刀跳到涧边去了。李逵却拿了朴刀,从洞里赶了出来。那老虎负疼,直抢下山石岩下去了。这时,只听一声大吼,忽地又跳出一只吊睛白额虎来。

那大虫往李逵身上猛一扑。李逵不慌不忙,趁着那大虫的势力,手起一刀,正中那大虫额下。那大虫退不到五七步,只听得一声吼,如倒半壁山,当时死在岩下。李逵又收拾娘亲的两腿及剩的骨骸,用布衫包裹了,到泗州大圣庵后掘土坑葬了。李逵大哭了一场,然后收拾包裹,慢慢下得山来。山下的猎户得知李逵一人杀四虎,将其奉为天神。却有人认出李逵来,悄悄报与本村里正。众人商议宴请李逵,只是劝酒,不多时便将李逵灌得大醉,用绳索绑了,差人报知县里。

县令听了大惊,忙遣都头李云去村里提人。这李云是沂水县一个好汉,绰号青眼虎,使得一手好棍棒。受了县令差遣,他当下带了三十个捕快,奔沂水村中来拿了江州劫法场的黑旋风李逵。朱贵与朱富得知了消息,商议一番后,得了一个计策。

且说李云率领一干人来到沂岭村中,着两个人抬了李逵,便往沂水县走来。行到半路,却见朱贵和兄弟朱富二人带人在路口等候。见李云来到,朱贵便上前拦住,献上酒肉。这一干人如风卷残云,将酒肉吃个干净。正欲上路,却手麻脚木动弹不得。原来这酒肉中都是下了蒙汗药的。朱贵解缚了李逵,几个朴刀将地上的人尽情搠死。李逵待要杀李云,朱富拦住道:“他曾教授我枪棒,有师徒之实,不可害他性命,赶路要紧。”三人提了朴刀,便取小路走。行不多时,却听身后大叫“强贼休走”。回头看时,却是李云挺着朴刀追来。李逵转身便挺着刀来战李云。

话说当时李逵挺着朴刀来斗李云。两个就在官路旁边斗了五七个回合，不分胜败。朱富便拿了朴刀去中间隔开，劝服李云一同上梁山入伙。四人共回梁山。

公孙胜回家探母，多日未回，众人担忧，戴宗便自愿前往打探消息。戴宗别了众人，次早扮成承局，离了梁山泊，取路奔蓟州来，在路上行了三日，来到沂水县界，只听有人叫了一声"神行太保"，他连忙回转身来，见山坡下小径边站着一个大汉，便问道："壮士素不曾拜识，如何呼唤我的贱名？"那汉慌忙答道："足下真是神行太保！"撇了枪，便拜倒在地。戴宗连忙扶住答礼，问道："足下尊姓大名？"那汉道："小弟姓杨名林，祖贯彰德府人氏。多在绿林丛中安身，江湖上都叫小弟锦豹子杨林。几个月前，在酒肆里遇见公孙胜先生，写下一封书，叫小弟来投大寨入伙。只是不敢擅进，诚恐不纳，因此不曾敢来。又听公孙先生说，山寨里亦有一个招贤飞报头领，唤做神行太保戴院长，日行八百里路。今见兄长行步非常，因此唤一声看，不想果是仁兄。"戴宗道："公孙胜先生回蓟州去杳无音信，小可今奉晁、宋二公将令，差遣来蓟州探听消息，寻取公孙胜还寨。不期却与足下相会。"杨林提议与戴宗一起去寻公孙胜，戴宗应允了。二人行至饮马山边，路遇在此聚义的铁面孔目裴宣、火眼狻猊邓飞和玉幡竿孟康。戴宗与三人商定寻公孙胜回来时一同上梁山聚义。戴宗和杨林离了饮马川山寨，在路上晓行夜住，到了蓟州城外，投了个客店安歇了。自此一连三日，他们都没有打听到公孙胜的住处。

这日正逢行刑刽子手病关索杨雄决刑回来，一个叫张保的军汉领众人来抢他。

一个大汉打抱不平，张保睁眼喝道："你这饿不死冻不死的乞丐，敢来多管！"那大汉大怒，焦躁起来，将张保劈头只一提，把张保一跤掀翻在地。那几个帮闲的见了，正要来动手，早被那大汉一拳一个，打得东倒西歪。杨雄方才脱得身，拿出本事来，几拳把那几个破落户都打翻在地。张保见势不好，爬了起来，逃走了。杨雄愤怒，大踏步赶去。张保跟着抢包袱的走，杨雄在后面追着，赶出小巷去了。那大汉兀自不歇手，在路口寻人厮打。

戴宗、杨林看了，挽住那大汉，邀入酒店里来。戴宗问道："壮士高姓大名？贵乡何处？"那汉答道："小人姓石名秀，金陵建康府人氏。自小学得些枪棒在身，一生执意，路见不平定要去相助，人唤拼命三郎。因随叔父来外乡贩羊马卖，不想叔父半途亡故，消折了本钱，还乡不

得,流落到此,只靠卖柴度日。"戴宗道:"壮士流落在此地卖柴,何时才能发迹?不如去投了梁山泊宋公明入伙。如今论秤分金银,换套穿衣服,只等朝廷招安了,早晚都要做个官人。"石秀叹口气说:"小人即使想去,也无门路可进。"戴宗道:"壮士若肯去,小可愿意举荐。"随后,便通报了姓名,又叫杨林从包裹里拿出十锭银子给石秀做本银。石秀感激不尽,正要与戴宗商量投托入伙的事,忽见杨雄带着二十多个差人赶进酒店里来,戴宗和杨林看见人多,便悄悄地走了。

杨雄与石秀结拜,杨雄为兄。石秀向他拜了四拜,随后两人喝酒说些闲话。杨雄又把石秀邀到家中,叫妻子潘巧云出来相见。潘巧云颇有几分姿色,也是个风流人物。一日,潘巧云到庙里给去世的母亲念经超度,与诵经的和尚裴如海勾搭成奸。石秀得知此事,便告诉了杨雄,杨雄一怒之下便杀了潘巧云。

却说戴宗、杨林寻访不着公孙胜,便往饮马川来,和裴宣、邓飞、孟康一行人马,扮做官军,星夜赶往梁山泊。

却说杨雄杀了人,石秀便与他商量一同上梁山入伙,路遇鼓上蚤时迁。时迁道:"小人近日在此处掘些古坟,挖些好东西,不想却遇上二位哥哥。既然二位哥哥欲前往梁山,小人也想一同前往。"石秀和杨雄欣然同意,时迁便带领他二人从小路下后山投梁山泊去了。三人来到郓州地面,见远处有一座高山,又因天色渐晚,便在一个靠溪的客店住下。客店中插有十多把好朴刀,三人不解,便向小二哥询问,方得知前面的高山乃叫独龙山,山前的冈子叫独龙冈,上面便是主人家住宅,这里方圆三十里,名叫祝家庄。庄前庄后共五六百户人家,经常有几十家来这里住店,朴刀就是他们分配在此的,为的是防止梁山泊的人来借粮。

店小二说完便请杨雄三人慢用酒菜,自己回去歇了。时迁见没有肉,便笑嘻嘻地提上鸡。原来他去净手时,见鸡笼中有一只大公鸡,就顺手拿到河边杀了,煮得熟了,才拿上来当下酒菜。正吃着,那店小二

慌忙跑出来，道："你们好不讲理，怎么偷我店里报晓的鸡？你们快还我鸡，否则便让人把你们当梁山泊贼寇解押了去。"石秀听了，大骂："你怎么把我解去请赏？我就是梁山泊好汉！"

店小二见事不妙，大喊一声："来人啊，捉贼！"只见三四个大汉赤条条地从店里走出来，向杨雄、石秀奔过来。三人把他们打翻在地，又放了一把火，慌忙逃走。

走了两个时辰，只见前面后面火把不计其数，大约有一二百人，一边喊，一边追了上来。三人奋起抵抗，但寡不敌众，时迁被捉了去，那些人押着他往祝家庄去了。

且说杨雄、石秀杀出一条血路，走到天亮，看见一家酒店。二人走了进去，见到一个大汉，杨雄对石秀说："这个兄弟名叫杜兴，是中山府人，人称'鬼脸儿'。前几年来蓟州做买卖，因打死同伙客人吃了官司，被我搭救，没想到今天在这里相遇。"随后，又向杜兴讲了遭遇。杜兴说："恩人不要为此事惊慌,我有办法救时迁兄弟。小弟自从离开蓟州来到这里,被一位大官人收留,如今小弟在他家做了一个主管。"杨雄问:"这位大官人是谁?"杜兴说:"我家主人姓李名应,善使一条浑铁点钢枪,武艺十分高强。李大官人住在独龙冈前面东村李家庄,与李家庄毗邻的还有两个庄。中间的祝家庄英雄辈出,为头家长叫做祝朝奉,有三个儿子,人称祝氏三杰:长子祝龙,次子

祝虎,三子祝彪。又请来一个叫做栾廷玉的教师,这个教师有万夫不当之勇。西边的扈家庄能人也很多,庄主是扈太公,其子飞天虎扈成武艺十分了得;其女扈三娘更是武艺高强,人称一丈青,善使两口日月双刀。这三个庄结下生死誓愿,齐心合力,共同抵抗外敌。如今二位随小弟回庄见李大官人,说明此事,李大官人定会帮忙搭救时迁。"杨雄又问:"你那主人是不是江湖上人称扑天雕的?"杜兴说:"正是。"

　　杨雄和石秀随杜兴来到李家庄上。众人上厅拜见李应,李应连忙

答礼。杜兴向李应禀明此事，并请求李应写一封信前去搭救时迁。李应便写了一封信笺，派一位副主管骑马去祝家庄救时迁。

不多时，那个副主管回来。李应把他叫到后堂，问："去救的这人为何没有回来？"副主管说："小人把信笺亲自交给祝朝奉，祝朝奉正欲放还，不料祝氏三杰走了出来，不让回信，也不让放人，说要将时迁押到州上去。"李应大惊，又派杜兴速去祝家庄救时迁。杜兴领命前往祝家庄。

　　众人在庄上焦急地等待杜兴。天色已晚时，杜兴回到庄上，见到李应，愤怒地说起对方的无礼，并说祝氏三杰坚决不肯放人。李应听罢大怒，率领三百庄客，和杜兴、杨雄、石秀等人向祝家庄奔去。打斗中李应不慎受伤，祝彪也险些受伤逃走。李应回到庄上。杨雄、石秀对杜兴说："都怪我们连累了大官人，不但时迁没被救出来，还害得大官人中了一箭。如今我弟兄两个连夜出发去梁山泊，请晁、宋二头领派人来攻打祝家庄，为大官人报仇，顺便解救时迁兄弟。"说完二人便告辞而去了。

　　晁盖听罢大怒，便派宋江率众头领去攻打祝家庄。宋江派石秀和杨林化装前去打探。石秀先挑着一担柴进了祝家庄，走了二十多里路，只见路径曲折难辨。石秀向一位老人打听出路。老人说："出门以后，只看有白杨树时就转弯，有这树便是活路，没这树便是死路。那死路里的地下埋着竹签、铁蒺藜，如果走错了，踏着飞签，一定会被捉住。"

　　二人正说着，忽听有人喊："拿到了一个奸细！"石秀大惊，只见七八个人绑着扮作道士的杨林走了过去。

　　此时，宋江军马还屯驻在村口，不见杨林、石秀回来，又叫欧鹏去村口打探消息。不多时，欧鹏回来报知宋江："听说村里捉了一个奸细，我看见路径复杂，只好回来禀报哥哥。"宋江听罢，立即传令攻进村庄。他令李逵、杨雄一队做先锋，李俊等率军做殿后，穆弘居左，黄信居右，宋江、花荣、欧鹏等做中军头领，众人擂鼓鸣锣，杀奔祝家庄来。

先锋李逵来到庄前看时，见吊桥高挂，庄里静悄悄的。不多时，宋江人马来到，杨雄报知庄上情况，李逵请令杀入祝家庄。正说时，独龙冈上亮起千百把火把，人头攒动。顷刻间，门楼上射下无数弓箭，众人抵挡不住。宋江下令从原路撤退，却发现来路被截断，前面是盘陀路，无法走出去。

正在众人慌乱之时，只见石秀奔到宋江马前，禀报说："哥哥先下令，让大家只看有白杨树的地方转弯走，那便是活路。"宋江率领众人只奔有白杨树的地方转弯走，不料对方人马越来越多。石秀对宋江说："他有灯烛为号，看我们往哪个方向走，他就把灯烛扯向哪边。"宋江定睛看时，果然瞧见那树影里有碗灯烛。花荣射灭灯烛，祝家庄人马大乱，宋江让石秀领路，杀出村来。出村后，宋江整点人马，不见了镇三山黄信。有军人说，昨夜黄信被芦苇丛中伸出的挠钩拖翻，被捆到祝家庄去了。

水浒传

SHUI HU ZHUAN

水浒传

宋江听罢，便令人前往李家庄打探，哪知李应不肯出来相见。杜兴对宋江说："祝家庄前后两座庄门：一座在独龙冈前，一座在独龙冈后，必须两个门一起夹攻，才能取胜。此外须提防扈家庄来人帮助祝氏三杰，已定扈三娘为妻的祝彪十分厉害，扈三娘更是武艺超群。"宋江听了，谢了杜兴，率人回到大寨。宋江等人稍作休息，便又往祝家庄杀来，此次宋江亲自做先锋，带了人马从后面观察祝家庄。正看时，忽见西边尘土飞扬，一队人马大喊着冲杀过来。宋江让马麟、邓飞把守后门，又率领着王英、欧鹏，分出一半人马前来迎战。山坡上下来大约有二三十骑，当中簇拥着一员女将，正是扈家庄女将一丈青扈三娘。王英挺刀迎敌，结果被扈三娘活捉。

欧鹏见王英被捉，急忙驱马来救，却不敌扈三娘，邓飞舞动铁链来策应欧鹏。那边祝龙也亲率三百多人来捉宋江。马麟见状，抡刀迎住祝龙厮杀。双方正难分胜负，忽见一队军马从一侧杀来，正是秦明率人前来救应。宋江急命秦明去换马麟,秦明拍马向前,直取祝龙。马麟趁机前去救王英,不料被扈三娘拦住厮杀,这边秦明和祝龙斗到十个回合以上,祝龙渐渐不敌。庄里杀出栾廷玉,被欧鹏拦住,栾廷玉使了个手段,打落欧鹏。

邓飞看见欧鹏被打落马下,急忙让小喽啰救人,自己舞着铁链迎住栾廷玉。此时,祝龙敌不过秦明,败下阵来,栾廷玉撇了邓飞,截住秦明厮杀,十个回合之后,栾廷玉向荒草中奔去,秦明舞棍紧紧追赶。哪知追到荒草之中,秦明被绊马索绊翻。邓飞见秦明落马,慌忙来救,不料也被挠钩搭住,活捉了去。宋江见天色不早,下令命众人且战且走,自己骑马到处巡视。不料正被扈三娘瞧见,宋江被扈三娘追赶着拍马往东逃走,忽见李逵带人前来救应,扈三娘拨马往树林里追去,又被林冲截住厮杀。斗了十个回合左右,扈三娘被林冲活捉过来。

宋江率领众人来到村口下寨，命四个头领连夜将扈三娘送回山寨。四人领命出去安排。宋江一夜没睡。第二天，只见探事人报告："军师吴学究和三阮头领、吕方、郭盛带五百人马到来！"

宋江听了，忙出寨迎接，迎到中军帐里坐下。宋江对吴学究说了双方的战况。吴学究高兴地说："我有一个计策，定会打败祝氏三杰。石勇带来一个投托入伙的人，和栾廷玉交情极好，他知道哥哥你攻打祝家庄久攻不下，特意来献计，此人随后就到。"宋江听了，喜上眉梢。

原来山东海边登州山下有弟兄两个，都是猎人，武艺了得。哥哥叫做两头蛇解珍，弟弟叫做双尾蝎解宝。因为射得一个大虫，被本乡的毛太公诬陷他们抢劫家财，陷在牢里。

他二人的堂姐顾大嫂听说后，便央求兵马提辖孙立、小尉迟孙新兄弟和出林龙邹渊、独角龙邹润兄弟劫牢救人。众人救了人，邹渊说与梁山泊的杨林、邓飞和石勇认识，可投奔梁山泊，于是众人星夜赶往梁山泊。

众人来到石勇酒店，邹渊问起杨林、邓飞二人。石勇说："杨林、邓飞随宋公明去攻打祝家庄，不料双双被捉。"孙立听了笑着说："我和祝家庄的教师栾廷玉是师兄弟，今天我们只装做登州对调来郓州把守，他必会出城迎接我们。我们进去后见机行事，里应外合，何愁打不破祝家庄？"石勇听后大喜，告知吴用与宋江。吴用又想了个双掌连环计，派人请裴宣、萧让、侯健和金大坚来助战。

扈成带来礼物来见宋江，再三恳求放了扈三娘。宋江说："让我把令妹还你，除非把王英放还给我。"扈成无奈地说：“祝家庄已经把那个好汉押了去。”吴用说：“今后你的庄上不要理祝家庄的事。如果有祝家庄的人投奔到你的庄上，你一定要捆了。到那时再把令妹送还给你。”扈成拜谢后告辞。

孙立挑了写有“登州兵马提辖孙立”的旗号，领了一些人马，来到祝家庄，正遇上石秀挑战，孙立请战，将石秀捉了过来，其实石秀故意战败，好让庄上的人信服孙立。

几天后,宋江分兵四路,与孙立里应外合,攻打祝家庄。祝朝奉见事不好正要投井,石秀走到近前,一刀割了他的头。后门处解珍和解宝在马草堆里放起了火,祝虎见庄里起火正想奔回来救火,不料被孙立拦住。祝虎拨马奔向宋江阵上来,不想被吕方、郭盛刺翻在地,被众军剁为肉泥。

祝龙向北逃去,正撞到李逵。李逵上前一斧,把他的头劈下。

祝彪得知祝家庄被宋江占领,拍马来到扈家庄,被扈成捉住绑了。扈成正打算押着祝彪去见宋江,正巧和李逵相遇。祝彪被李逵一斧砍翻,扈成也被李逵赶得落荒而逃,投往延安府。李逵见扈成弃家逃命,便杀进了扈家庄,抢了财物,烧了庄院,回来向宋江请功。

此时,宋江正坐在祝家庄的正厅上,听着各头领前来报功。此次攻克祝家庄,得到五十万石粮米,生擒四五百人,夺得五百多匹好马和数不胜数的牛羊。

扑天雕李应每日在庄上养伤,闭门不出,暗中派人探听祝家庄消息。他得知宋江打破了祝家庄,喜忧掺半。

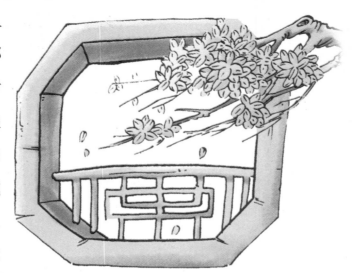

一天,本州知府带人来到李家庄,让狱卒绑了李应和杜兴。知府对李应说:"祝家庄有人递了状子告,你和杜兴勾结梁山泊贼寇,帮助贼寇破了庄,前几天你又接受了贼人的财物,你怎么抵赖?"说着,就让人押着李应和杜兴往州里来。

一行人走了不到三十几里,只见林子里出来一队人马拦住去路,正是宋江、林冲、花荣、石秀、杨雄等人。林冲向前大喊一声:"梁山泊好汉全伙在此!"那知府和狱卒们吓得魂不附体,扔下李应和杜兴就逃命去了。宋江连忙让人给李应、杜兴松了绑,接上了山寨,又让人把李应的一家老小也接上山寨,一把火烧了李家庄,李应只好安心地在山寨里住了下来。

雷横来投奔梁山泊,宋江又做主把一丈青扈三娘许配给矮脚虎王英,当日为二人摆了筵席,让二人成亲。众头领齐声夸赞宋江有德有义,一时饮酒庆贺,十分热闹。

水浒传

SHUI HU ZHUAN

水浒传

水浒传

第十八回

朱仝误失小衙内 柴进失陷高唐州

　　话说朱仝受沧州知府赏识，便留在府中，每天只在厅前伺候。忽然有一天，四岁的小衙内从屏风后走出来，见了朱仝，定要他抱。于是知府便让朱仝照顾小衙内。

　　半月之后，便是七月十五日，各处点放河灯。当晚，堂里侍婢传话，说夫人叫朱仝带小衙内去看灯。于是朱仝肩背着小衙内到水陆堂放生池边看放灯。

　　正看着，只见雷横过来拜见，朱仝安顿了小衙内，便和雷横到僻静处说话。原来是吴用来劝朱仝一同上梁山入伙，见朱仝不愿，吴用便先行告辞。这时，朱仝发现小衙内不见了，便与雷横同来寻小衙内。二人一路寻找到林中,发现小衙内被李逵劈成两半,已经死在那里。

朱仝大怒,便要和李逵拼命。吴用、雷横忙劝住。当下朱仝对众人说:"如果要我上山,定要杀了黑旋风,给我出了这口气,如果有黑旋风在山上,我死也不上山去!"适逢小旋风柴进听了此事,便将李逵留在庄上。众人于是辞别上山。

沧州知府晚上不见朱仝抱小衙内回来,派人四散去找,半夜,有人见小衙内被杀死在林子里。第二天知府升堂,便行开公文,各处缉捕,要捉拿朱仝正身。

李逵在柴进庄上住了一个多月。忽然有一天,有人送信与柴进,柴进看后对李逵说:"我叔叔柴皇城在高唐州被知府高廉妻舅殷天锡强占了花园,气得卧病在床。我需亲去走一遭。"李逵闻听,也跟了去。二人来到高唐州,入柴皇城宅内看视柴皇城,只见柴皇城哭道:"我今被殷天锡气死,你可去京城拦驾告状,给我报仇。九泉之下,我定当感谢!"说完,便咽了气。

柴进教依官制,备办内棺外椁,依礼铺设灵位。一门穿了重孝,大小举哀。到了第三天,只见这殷天锡带着酒意来到柴皇城宅前,勒住马,叫里面管家的人出来说话。柴进听说,挂着一身孝服,慌忙出来答应。

殷天锡在马上问明柴进身份,便叫他搬出屋去。柴进说:"我家放着先朝丹书铁券,你不要欺人太甚。"殷天锡大怒,命手下众人来打柴进。李逵在门缝里看见,出来把殷天锡拉下马,打翻在地,又打倒了五六个随从,之后打死了殷天锡。柴进只叫苦,便叫李逵回梁山泊去了。不久,柴进被高廉命人抓了,在府衙厅上打得半死,强逼招供,然后将他下狱。

李逵连夜回梁山泊见众头领。朱仝一见李逵,定要杀了他。二人相斗,晁盖、宋江忙劝住,逼李逵拜了朱仝两拜。朱仝这才消了这口气。

李逵说:"柴大官人因去高唐州看亲叔叔柴皇城病症,我见被本州

高知府妻舅殷天锡要夺屋宇花园,殴骂柴进,便打死了殷天锡那家伙。"晁盖、宋江情知不好,宋江便率领二十二位头领及军马,辞了晁盖等众人,离了山寨,往高唐州进发。

　　且说高唐州知府高廉善使妖法。宋江率众前来,被他连破了几阵,弄得宋江心中忧闷。吴用见此,向宋江举荐公孙胜,并让戴宗去寻他来破高廉。戴宗说:"我愿前往,只是得有一个做伴的同去才好。"李逵便说:"我愿和戴院长去走一遭。"宋江同意了,便差两人前去。

一路上，戴宗作起神行法，扶着李逵同走。没几天，来到蓟州城外，在客店里歇了，正遇上一位老儿，问起公孙胜来，老儿说："老汉和他是邻居，他只有一个老母在堂。这个先生一向云游在外，现在叫做公孙一清。人们只叫他清道人，公孙胜是他俗名，无人知道。公孙一清现随其师罗真人在二仙山修行，只离本县四十五里。他本师怎么会放他离开左右！"

戴宗听了大喜，连忙和老人同出店肆，问了路途便早早来到二仙山下，找到了公孙胜。戴宗说明来意，拜请他出山相助。公孙胜说："先容我去禀明本师真人。如果他肯答应，便一同回去。"于是三人同去征得罗真人同意。罗真人便对戴宗、李逵说："我本不让他去，今以你们大义为重，就叫他去走一遭。"

公孙胜辞了罗真人，告别了众道伴，随二人下了山。戴宗先去报信，让李逵陪同公孙胜前行，路遇金钱豹子汤隆，便同上梁山。三人回到寨中，宋江、吴用等人出寨迎接。李逵领着汤隆过来参见了宋江、吴用和众头领，宋

江便留汤隆在山上当了头领。

第二天中军帐中，宋江、吴用依照公孙胜计策，最终破了高廉的妖法，杀了高廉，攻陷了高唐州，并在一处井中救出了柴进。此时的柴进已经被打得奄奄一息，宋江忙叫人医治。

这一天，徽宗升殿，高太尉出班上奏："今有济州梁山泊贼首晁盖、宋江，打劫城池、抢掳仓廒、聚集凶徒在济州杀害官军，闹了江州无为军；今又将高唐州官民杀戮一空，仓廒库藏，尽被掳去。此是心腹大患，若不早行诛剿，他日必成大患。伏乞圣断。"徽宗闻奏大惊，随即降下圣旨，委派高太尉选将调兵前去剿捕，务必要扫清水泊。

高太尉又奏道："有河东名将呼延赞嫡派子孙，名叫呼延灼，使着两条铜鞭，有万夫不当之勇。臣保举他去征剿梁山泊。"徽宗准奏，随即降下圣旨。

汝宁郡都统制呼延灼接到圣旨，星夜赴京，来见高太尉。第二天早朝，高太尉引见他参拜了徽宗。徽宗见呼延灼仪表非俗，欢喜非常，就赐踢雪乌骓一匹给呼延灼骑坐。呼延灼谢恩，随高太尉再到殿帅府，商议起军剿捕梁山泊一事。呼延灼力荐二将为先锋，高太尉忙问是何人。

水浒传

第十九回

高俅兴兵伐梁山 吴用设计赚徐宁

呼延灼力荐陈州团练使韩滔为正先锋，颍州团练使彭玘为副先锋。三人辞别了高太尉并枢密院等官，杀奔梁山泊来。

却说梁山泊远探报马径到大寨，报知此事。聚义厅上，众人商议迎敌之策。吴用献计要智擒呼延灼，宋江依计调拨已定，前军秦明早引人马下山列成阵势。

次日天晓，两军对阵。宋江队里，秦明出到阵前与韩滔斗到二十余回合，韩滔力怯要逃。背后呼延灼已到，秦明见了，欲待来战呼延灼，第二拨林冲已到阵前，挺起蛇矛，直奔呼延灼。秦明自把军马从左边趱向山坡后去。呼延灼自战林冲，二人不分胜败。此时第三拨花荣军到，花荣在阵门下叫阵，林冲拨转马便走。呼延灼因见林冲武艺高强，也回本阵。林冲自把本部军马转过山坡后去，让花荣挺枪出马。呼延灼后军也到，彭玘便迎住花荣交马。两人战二十余回合，呼延灼见彭玘力怯，便纵马舞鞭，直奔花荣。斗不到三回合，第

四拨一丈青扈三娘人马已到,花荣也引军往右边趱转山坡下去了。彭玘来战扈三娘未定,第五拨孙立军马早到,看这扈三娘去战彭玘。两人斗到二十余回合,扈三娘把双刀分开,回马便走。彭玘要逞功劳,纵马赶来。扈三娘便从袍底下取出红棉套索,等彭玘的马来得近,把套索往空中一撒,彭玘措手不及,早被拖下马来。孙立喝令众军士一发向前,把彭玘捉了。呼延灼看见大怒,奋力向前来救,扈三娘便拍马来迎敌。两个斗到十余个回合,扈三娘回马往本阵便走。呼延灼纵马追来。孙立见了,便迎住呼延灼厮杀。背后宋江已引十对良将列成阵势。扈三娘自引了人马,也投山坡下去了。

宋江见捉得彭玘,心中甚喜,到阵前看孙立与呼延灼交战。孙立也把枪带住,手腕上绰起那条竹节钢鞭,来迎呼延灼。两个在阵前左盘右旋,斗到三十余回合,不分胜败。

呼延灼阵里,韩滔见折了彭玘,便去后军队里尽起军马,一发向前厮杀。宋江便把鞭梢一指,十个头领引了大小军士掩杀过去;背后四路军兵,分作两路夹攻拢来。却见呼延灼阵里都是连环马,官军马带马甲,人披铁铠,马带甲只露得四蹄悬地,人挂甲,只露着一对眼睛。这里射箭过去,那里甲都护住了。那三千马军各有弓箭,对面射来,因此宋江军队不敢近前。宋江急叫鸣金收军。呼延灼也退二十余里下寨。宋江收军,退到山西下寨,屯住军马,且叫左右群刀手簇拥彭玘过来。宋江望见,便起身喝退军士,亲解其缚,扶入帐中,好言相劝。彭玘感其义气,于是归降。

再说呼延灼收军下寨,自和韩滔商议如何智取梁山水泊。韩滔献计,大获全胜,高太尉得报,越班奏闻徽宗。徽宗甚喜,差官一员前去赏军。高太尉领了圣旨,随即差官前去。

却说呼延灼闻知有天使至,与韩滔到二十里外迎接。呼延灼等人把天使接到寨中,谢恩受赏已毕,便置酒款待天使;一面令韩先锋俵钱赏军。呼延灼道:"小可分兵攻打,务要擒获众贼。但恨四面是水,无路可进。遥观寨栅,只除非得火炮飞打,以碎贼巢。久闻东京有个炮手凌振,名号轰天雷,此人善造火炮,能崩土碎石。若得此人,克日可取贼巢。"天使应允。次日起程,回禀高太尉,说呼延灼求炮手凌振。高太尉随即唤甲仗库副使炮手凌振取路奔梁山泊来。当日,凌振领人一连放了三个火炮,两个打在水里,一个打到鸭嘴滩边小寨上。宋江听说,心中忧闷。众头领尽皆失色。吴用道:"若得一人诱引凌振到水边,先捉了此人,方可商议破敌之法。"晁盖道:"可使李俊、张横、张顺、三阮六人棹船,如此行事,岸上朱仝、雷横,如此接应。"然后分拨众人前去,用计捉了凌振,又劝降他加入梁山泊。

次日,宋江于大厅上聚会众头领。饮酒之间,宋江与众人又商议破连环马之策。汤隆道:"小可知晓钩镰枪可破连环甲马。但我虽是会打,却不会使。只有我那个姑舅哥哥徐宁会使。"林冲道:"我也多与他相会,只是不知如何请他上山来?"汤隆道:"徐宁先祖留下一件宝贝唤做赛唐猊,用一个皮匣子盛着,就挂在卧房中梁上。若得此甲,不由他不来。"吴用道："若如此,只需时迁去走一遭就是了。"汤隆道见如此说,便去宋江耳边低声说了数句,宋江笑道："此计大妙!"

时迁盗得赛唐猊,汤隆又一路使计,把徐宁骗到梁山泊下,用药将他麻翻了,送上了梁山山寨。徐宁见了众人,吃了一惊。汤隆一番解释,众人又一番苦劝,徐宁只得答应入伙深山。

此时雷横监造钩镰枪都已完备,徐宁挑选精壮之士,教习钩镰枪法,不到半月,便教成五六百人。宋江大喜,准备破敌。

水浒传

SHUI HU ZHUAN

这日晚，宋江先派钩镰枪军士过渡去埋伏，后渡十队步军过去，又命凌振、杜兴上高埠处架炮。平明时分，宋江守中军人马，隔水擂鼓，呐喊摇旗。

呼延灼听得探子报知，大驱军马杀奔梁山泊来，下令隔水摆开马军，只顾把连环马冲去。只听得北边一声炮响，呼延灼骂道："这炮必是凌振从贼，命他施放的。"又听到正北上连珠炮响。呼延灼军急和韩滔各引马步军兵四下冲突。且说梁山泊十队步军，举着旗号，东赶东走，西赶西走。呼延灼看了大怒，引兵往北冲来。宋江军兵尽投芦苇中乱走，呼延灼驱连环马，尽往败苇折芦之中、枯草荒林之内跑去。只听里面嗯哨响处，钩镰枪一齐举手，先钩倒两边马脚，中间的马便自咆哮起来。那挠钩手军士一齐搭住，在芦苇中只顾缚人。呼延灼见中了钩镰枪计，便勒马回南边去赶韩滔，哪想背后风火炮当头打将下来。韩滔、呼延灼部领的连环甲马，凡入荒草芦苇之中的，尽被捉了。二将情知中了计策，一直往西北上来。中途

却被穆弘和穆春、解珍和解宝，王英、扈三娘夫妻三拨人拦住去路。这一战呼延灼军马被杀得大败、雨零星散。

话分两头。宋江鸣金收军，回到山寨，众头领各自请功。刘唐、杜迁拿得韩滔，将他绑缚解到山寨。宋江见了，亲解其缚，以礼相待，令彭玘、凌振说他入伙。韩滔就在梁山泊做了头领。宋江喜破连环马，又得了许多军备，每日摆筵庆贺。一面仍旧调拨各路大军把守、提防官兵。

却说呼延灼折了许多官军人马，不敢回京，独自一个欲投青州慕容知府。在路上行了两日，当晚又饥又渴，便住进一家酒店，吩咐店家好生照看御赐的踢雪乌骓马，谁知半夜马被桃花山的强盗偷走了。次日，呼延灼到了青州，慕容知府大惊，问道："将军如何却到这里？"呼延灼只得把前事述说了一遍。慕容知府听了道："虽是将军折了许多人马，亦无奈何。且先扫清桃花山，夺取那匹御赐的马，然后收服二龙山、白虎山，下官自当一力保奏，再让将军引兵复仇如何？"呼延灼拜谢，便去客房安歇。

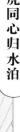

呼延灼在这里一住三日。这一日，呼延灼禀复慕容知府，急欲去夺那匹御赐马，慕容知府便让他率领马步军二千杀奔桃花山。

桃花山头领小霸王周通得知，便与李忠商议请二龙山宝珠寺前来助战。

宝珠寺里大殿上坐着三个头领：为首的是花和尚鲁智深，其余两个是青面兽杨志和行者武松。另有四个小头领：一个是金眼彪施恩，因武松杀了张都监一家人口，官府到他家追捉凶身，他连夜逃走。后来父母俱亡，他打听到武松在二龙山，连夜投奔来入伙。另外三人是操刀鬼曹正、菜园子张青和母夜叉孙二娘。杨志得知消息，便留下张青、孙二娘、施恩、曹正看守寨栅，与鲁智深、武松亲自点起军马，下山径往桃花山来。

李忠得知二龙山消息，自引了三百小喽啰下山策应。呼延灼闻知，急引军马拦路列阵，与李忠相持。斗了十几个回合，李忠见抵挡不住，拨开兵器便走。呼延灼纵马赶上山来，小霸王周通便命小喽啰飞下鹅卵石，呼延灼慌忙回马下山来。只见官军众多人呐喊。呼延灼便问道："为何呐喊？"后军答道："一彪军马飞奔而来。"原来是鲁智深等人赶到。两军交战不分胜负，各自收军。

呼延灼正在帐中，只见慕容知府使人来唤道："今有白虎山孔明、孔亮，引人马来青州借粮，特意让人来请将军回城守备。"呼延灼听了，带领军马，连夜回青州去了。

次日，鲁智深与杨志、武松又引了小喽啰直往山上来。山上李忠、周通引人下来，将三位头领请到山寨里，置筵席相待，又使人下山，探听前路消息。

且说毛头星孔明、独火星孔亮两个因和本乡一个财主竞争，把财主一门良贱尽都杀了，便聚集起五七百人，占住白虎山，打家劫舍。因为青州城里他们的叔叔孔宾被慕容知府捉下，故孔家兄弟率军来打青州。途中正迎着呼延灼军马，孔明当先挺枪出马，直取呼延灼，斗到二十余回合，呼延灼就把孔明活捉了去。孔亮只得引了小喽啰便走。慕容知府叫呼延灼引军去赶，活捉了百十余人。孔亮大败，四散奔走，至晚寻个古庙安歇。

呼延灼活捉了孔明，解入城中，来见慕容知府。慕容知府大喜，命人把孔明戴上大枷钉下牢里，和孔宾一处监收。问明桃花山情况后，慕容知府设筵款待呼延灼，席间告知呼延灼今日与其交战的是二龙山鲁智深等人。

却说孔亮引领败残人马，正遇到武松、鲁智深、杨志，三人决定去

水浒传

SHUI HU ZHUAN

桃花山叫李忠、周通引小喽啰们来一同去打青州，又叫孔亮去梁山泊请救兵。

宋江率兵赶到青州，吴用献计捉拿呼延灼。这时天色未明，呼延灼只听得军校来报道："城北门外土坡上有三人在那里看城。中间一个穿红袍骑白马的，两边各一个，只认得右边的是小李广花荣，左边那个道装打扮。"呼延灼道："那个穿红袍的是宋江，道装的必是军师吴用。你们且休惊动了他。点一百马军，跟我捉这三个。"呼延灼连忙披挂上马，引一百余骑马军赶上坡来。见宋江、吴用、花荣三个只顾看城。呼延灼拍马上坡，三个人勒转马头，慢慢走去。呼延灼才赶到枯树边，只听得呐声喊，呼延灼踏着陷坑连人带马都跌下坑去了。两边走出五六十个挠钩手，先把呼延灼钩了起来，绑缚了拿去。许多赶来的马军，被花荣拈弓搭箭射倒当头五七个，后面的见状勒转马，一哄都走了。

宋江回到寨里，众人把呼延灼推了过来。宋江见了，连忙起身，喝叫快解了绳索，亲自扶呼延灼上帐坐定。宋江拜见，只是恳告哀求，以言语相安抚。呼延灼沉思了半晌，跪倒在地，同意入伙。

宋江大喜。众人共破青州城，杀了慕容知府一家，救了孔明及孔宾。天明，宋江安抚了百姓，收拾了钱粮。在青州府里做个庆喜筵席，请三山头领同归大寨。

三山人马各自回山，收拾了钱粮，烧了山寨。数日之间，三山人马都皆完备。宋江领了大队人马，班师回山。晁盖引领山寨马步头领迎至大寨，大排筵席，庆贺十二位新上山头领。饮宴之时，鲁智深问林冲夫人有没有消息，林冲答道："拙妇被高太尉逆子所逼，随即自缢而死；妻父染病而亡。"杨志提起旧日王伦上山相会之事，众人皆道此为定数。晁盖说起黄泥冈截取生辰纲一事，众皆大笑。次日轮流做筵席，不在话下。

且说宋江安排下众头领后，忽一日，花和尚鲁智深来对宋公明说

道："洒家有个相识，名叫九纹龙史进。如今在华州华阴县少华山上，他和神机军师朱武、跳涧虎陈达、白花蛇杨春在那里聚义。洒家常常思念他。现在洒家要去那里探望他一遭，让他们四个同来入伙，未知尊意如何？"宋江道："我也曾闻得史进大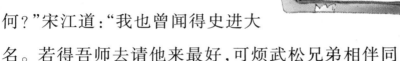名。若得吾师去请他来最好，可烦武松兄弟相伴同走一遭。"武松应道："我和师父去。"当日便收拾好腰包行李，下了山，径投少华山来。宋江放心不下，便唤神行太保戴宗，让他随后跟去探听消息。

再说鲁智深、武松两个来到少华山下，得知史进因打抱不平，得罪了华州知府贺太守，这贺太守是蔡太师的门人。于是鲁智深直奔华州去救史进，哪想却被贺太守设计活捉了。

鲁智深被捉,武松大惊,戴宗急忙回梁山泊报信。晁盖、宋江得知后,连忙调拨人马,当天宋江率众头领并七千人马直取华州而来。

宋江军马都到了少华山下,朱武说:"华州城墙坚固,壕沟深阔,只有里应外合,才可攻取。"宋江听了,愁容满面,和吴用商议了,派小喽啰前去探听。

这一日,忽听小喽啰来报:"朝廷派了一个殿司太尉宿元景,领御赐'金铃吊挂'来西岳降香。"吴用听说后大喜,便和宋江定下计策。第二天天明,果然有三只官船过来,朱全、李应随宋江、吴用截了船。一个小喽啰被选中扮做宿元景,其余众人把太尉随从的衣服借穿了,拿了降香一应物件准备行事。宋江又差朱武、陈达、杨春,陪侍跟随太尉,置酒管待;却叫秦明、呼延灼率领一队人马,林冲、杨志率领另一队人马,分做两路取城;叫武松先去西岳门下伺候,只听号起行事。

众人依计行事。戴宗先去报知云台观主及庙里职事众人,让他们前来迎接。观主先请御香上了香亭,引导金铃吊挂前行。众人扶太尉上轿,到岳庙官厅内歇下。客帐司吴用对前来拜见的观主说:"这是特奉圣旨降香,为何太守不来迎接?"观主便派人让太守快来商议降香之事。

之后,吴用让石秀和武松藏了尖刀守在庙门下。云台观主一面进献素斋,一面叫执事众人安排降香事宜。门上报说:"贺太守来了。"宋江便叫花荣、徐宁、朱全、李应,扮做四个卫兵,各执着器械,分列在两边;解珍、解宝、杨雄、戴宗各藏暗器,侍立在左右。

话说贺太守领着三百多人,来到庙前下马,簇拥进来。客帐司吴

用、宋江大喝:"闲杂人不许到近前!"众人站住,贺太守独自来到近前拜见。吴用喝声:"拿下!"解珍、解宝弟兄两个飕地抽出短刀,一刀便割了贺太守的头。三百多人也都被杀尽。宋江急忙让人收了御香吊挂下船,赶到华州时,早见城中两路火起。众人一齐杀进去,先到牢中救了史进、鲁智深,后又取了财帛,装载上车。

众人离开了华州,上船回到少华山上,都来拜见宿太尉,纳还御香、金铃吊挂、旌旗、门旗、仪仗等物件,拜谢了宿太尉。宿太尉领人去了。宋江和史进等人商议收拾山寨钱粮,放火烧了寨栅。之后,一行人回梁山泊去了。

晁盖说:"徐州沛县芒砀山中,新有一伙强人,聚集着三千人马。为头一个,姓樊,名瑞,能呼风唤雨、用兵如神,绰号混世魔王。他手下有两个副将:一个姓项,名充,绰号八臂哪吒,能使一面团牌,牌上插飞刀二十四把,百步取人,无有不中,手中使一条铁标枪;又有一个姓李,名衮,绰号飞天大圣,也使一面团牌,牌上插标枪二十四根,也能百步取人,无有不中,手中使一口宝剑。这三个人结为兄弟,占住芒砀山,打家劫舍。三个人商量了,要来吞并我梁山泊大寨。"

宋江听了大怒,便要率军去攻打。九纹龙史进请缨出战,宋江大喜。史进便带朱武、陈达和杨春,召集本部人马杀到芒砀山。列好阵势,四人在阵前望见项充、李衮杀来。史进等抵敌不住,慌忙逃走。

史进点军,折了一半,便和朱武等人商议,想要派人回到梁山泊求援。正在犹豫之时,只见军士来报:"宋公明派花荣、徐宁率二千军马前来。"史进等人大喜,与花荣等人合兵一处下寨。

第二天天晓,史进正准备起兵对敌,军士来报,宋江与吴用等人带领三千人马来到。史进便将昨日败兵之事对宋江和吴用说了。此时天色将晚,公孙胜看见芒砀山下都是青色灯笼,知道他那寨中有人会法术。第二天,公孙胜便向宋江、吴用献了汉末诸葛亮摆石为阵之法,要

水浒传

SHUI HU ZHUAN

擒项充、李衮二人。宋江等人依法摆阵,果然于交战中擒此二人,军士把项充和李衮带来见宋江。两个人拜伏在地,皆感宋江之德,表示愿说服樊瑞前来投拜,宋江欣然同意。二人当下回到寨中。

却说樊瑞听项充、李衮说起宋江大德,当即下山来见宋江,情愿拜伏。宋江大喜,让樊瑞、项充、李衮点起人马,收拾钱粮,随宋江一同前往梁山泊。

途中,一个大汉望见宋江,走到宋江近前便拜。那大汉说:"小人叫做段景住,因生得赤发黄须,人唤金毛犬,平时靠盗马为生。今春盗得大金王子骑坐的照夜玉狮子马,欲献给头领,以表我进身之意,不想被'曾家五虎'夺去,又出言不逊。特来告知。"宋江一面带段景住回去商议,一面叫神行太保戴宗去曾头市探听那匹马的下落。

戴宗去了四五天,回来对众头领说:"这曾头市上一共有三千多家,其中有一家叫做曾家府。这老者原是大金国人,名为曾长者,生下五个孩儿,号为曾家五虎:大儿子叫做曾涂,第二个叫做曾密,第三个叫做曾索,第四个叫做曾魁,第五个叫做曾升,又有一个教师史文恭,一个副教师苏定。如今那曾头市上,聚集着五六千人,扎下寨栅,造下五十多辆陷车,发愿要和我们做个对头。那匹千里照夜玉狮子马现在给教师史文恭骑坐。他们还编排歌谣讥讽我们。"

晁盖听说,大怒,当下便率领五千人马,以及二十个头领出战。史文恭、苏定并"曾家五虎"率大队人马出来迎战。这一日两军混战,当天两边各折了一些人马。

以后,晁盖等人一连三天搦战,曾头市的人不再出战。第四天,忽然有两个僧人来到晁盖寨里,自言是法华寺僧人,因被曾家五虎作践,特来告知他们底细,请晁盖去劫寨。晁盖闻听大喜,当晚领军悄悄地跟了两个僧人前去。不想五更时两个僧人走掉了,晁盖等人急回旧路时,却中了曾家埋伏。晁盖与众将夺路而走,正撞着一彪军马。史文恭放了一箭,正中晁盖脸上,晁盖跌于马下。众人拼死相救,杀出村

第二十二回

公孙胜芒砀山降魔 晁天王曾头市中箭

116

来。林冲等率军村口在接应。

林冲等人回到寨中。众头领先来看视晁盖,那枝箭正射在他的面颊上。众人看那箭时,上有"史文恭"三字。晁盖中的是毒箭,已经说不出话来。林冲便令收兵回到梁山泊寨中。晁盖死后,众头领扶策宋江出来主事。自此聚义厅便改为忠义堂。

且说众头领守在山寨,每天修设好事,只做功果,追荐晁盖。一天,宋江等人请到一僧,法名大圆,是北京大名府龙华寺法主,吃斋闲话间,宋江问起北京风土人物。大圆说到卢俊义,宋江听了,猛然记起,说:"我记得北京城里是有一个卢俊义,绰号玉麒麟,是河北三绝之一。祖居北京,有一身好武艺,棍棒天下无对。梁山泊寨中如果有这个人入伙,我心上还有什么烦恼不能解?"

吴用道:"小生愿去北京说卢俊义上山,只是少个伴当。"李逵高声嚷着要去。于是宋江便差二人前往。吴用扮做算卦先生,李逵则扮做道童,二人挑一个"讲命谈天,卦金一两"的纸招,来到北京城内。寻得卢俊义府,二人便在门前一边徘徊,一边

唱着,哄动许多小儿们跟着笑。卢俊义听得街上喧闹,问明外面发生的事,便请吴用和李逵进来问卜。

卢俊义说:"先生,请推算在下行藏。在下今年三十二岁。甲子年,乙丑月,丙寅日,丁卯时。"

吴用取出一把铁算子,搭了一回,拿起算子大叫一声:"怪哉!员外这命,眼下不出百天必有血光之灾;家私不能保守,死在刀剑之下。"卢俊义问:"可以回避吗?"吴用再把铁算子搭了一回,说:"除非到东南方巽地上一千里之外,可以免此大难;然而也有惊恐,却不伤大体。"卢俊义说:"如果真能免此难,当以厚报。"吴用说:"我这里有四句卦歌,员外可写在壁上。日后应验,就知小生妙处。"卢俊义叫取笔砚来,亲自在白壁上提写。吴用口言四句:芦花滩上有扁舟,俊杰黄昏独自游。义到尽头原是命,反躬逃难必无忧。当时卢俊义写了,吴用收拾了铁算子,作揖便走,与李逵径自回寨。

卢俊义自从送吴用出门之后,每天只是闷闷不乐,便叫人去唤来众主管商议事务。当天大小管事都随主管的头领李固来到堂前声喏。

卢俊义看了一遭，便说："怎么不见我那一个人？"话音未落，阶前走过一人。这人自小父母双亡，在卢员外家中养大。因他一身雪练似白肉，卢俊义便叫高手匠人，给他刺了一身花绣。这人一身本事，无人比得，善使川弩，百发百中。他伶俐非常，名叫燕青。北京城里人都叫他浪子燕青。燕青是卢俊义心腹之人，这天也上厅参见。卢俊义开口说："我夜来算了一卦，算卦先生说我有百日血光之灾，除非出到东南上一千里之外躲逃。想那去处正是泰安州。李固，你给我装上十车山东货物，收拾好行李，跟我走一遭。燕青小乙看管家中库房钥匙，今天便和李固交割。"话音未落，从屏风背后走出娘子贾氏，她劝说丈夫不要前去，众人也劝。卢俊义只是不听。

且说卢俊义一行人押着车仗往泰安州来，一路上夜宿晓行，已经行了数日，这一日他们来到一个客店里食宿。天明要行，只见店小二对卢俊义说："前面是梁山泊，官人须悄悄过去，不要大惊小怪。"卢俊义听后却叫随从取出四面白绢旗。用四根竹竿缚起，每面写着："慷慨北京卢俊义，金装玉匣来探地。太平车子不空回，收取此山奇货去！"众人看了，一齐叫起苦来。

卢俊义取出朴刀，赶着车子奔梁山泊来。众人刚好走到林子边，只听得一声呼哨，从林子边走出四五百个小喽啰。听得后面锣声响，又有四五百个小喽啰截住后路。林子里一声炮响，另见李逵跳出，手持双斧，厉声高叫："卢员外！认得我吗？你今天被俺军师算定了，快来坐把交椅！"

卢俊义大怒，拿着手中朴刀来斗李逵。两个斗了不到三个回合，李逶跳出圈子外,转过身朝林子里走。卢俊义正待回身,只见松林边又转出一个人,却是鲁智深!卢俊义焦躁,直取鲁智深。两个人斗不到三个回合,鲁智深拨开朴刀,回身就走。卢俊义急忙赶去。正赶着,武松抢两口戒刀直奔过来。战不到三个回合,武松拔步就走。接着刘唐、穆弘、李应一一前来厮杀。三个头领,团团围住卢俊义。卢俊义丝毫不慌,越斗越勇,四人正在步斗,只听得山顶上一声锣响,三个头领,各自卖了一个破绽,一齐走了。卢俊义急忙走出林子外,寻找车仗人伴时,十辆车子和带来的随从都不见了。

卢俊义无奈,只得往山僻小路走去。大约黄昏时来到一片芦苇荡,只见一个渔人划船过来。那渔人将船靠岸,扶卢俊义上船,向前划了三五里。只见一只小船飞奔来到前方,卢俊义不识水性,忙叫渔人将船靠岸。不想那渔人正是李俊,他在船上劝卢俊义降顺。卢俊义大惊,拿刀来搠。李俊便纵身跳到水中。只见船尾有人从水底钻出,将卢俊义撞下水去。那人却是张顺,张顺上前抱住卢俊义,跳过对岸来。

　　卢俊义被送到山上，宋江和众头领齐齐地跪了下来。宋江请卢俊义坐第一把交椅。卢俊义坚持不肯入伙。众头领置酒备食款待，留他住了几日，叫李固送车仗先回去。卢俊义嘱咐李固叫家人不要担心。这里吴用等送李固下山，单独告诉李固说："卢俊义已坐了第二把交椅，没上山时就在墙上题了反诗，每一句头上一个字，包藏'卢俊义反'。今放你回去，可布告京城，万勿回来。"李固等拜谢而去。

　　时光飞逝，卢俊义在山上数次要告别，都被留住，不觉在梁山泊过了两个多月，方才下得山来。卢俊义星夜奔波，走了十几天才到北京。只见一人头巾破碎，衣衫褴褛，看见卢俊义，伏地便哭。卢俊义一看，却是浪子燕青。

燕青说："自从主人去后，不过半月，李固回来对娘子说主人已坐了梁山泊第二把交椅。当时就去官中首告了。他回来后和娘子合伙夺了家私，把我赶出城外。又不许我的亲戚、相识收留我。因此，小乙只得到城外求乞度日。如果主人从梁山泊来，可听小乙言语再回梁山泊去，另做商议。如果进城，必中圈套！"

卢俊义不信，径直奔回家中，只见大小主管都吃了一惊。李固慌忙把卢俊义请到堂上，安排饭食给他吃。少顷，只见二三百差人冲进来绑了卢俊义，一步一棍，一直把卢俊义打到留守司来。

众公人把卢俊义拿到公厅，厅上梁中书大喝道："你是北京本地良民，怎么却去投梁山泊，还坐了第二把交椅？现在回来欲里勾外连，要打北京！今天擒你来，还有什么话说？"

卢俊义跪在厅下，叫起屈来。李固上下都使了钱。张孔目上厅禀告："这个顽皮赖骨，不打怎么肯招！"于是众差人把卢俊义捆翻在地，打得他皮开肉绽，鲜血迸流，昏晕了三四次。卢俊义打熬不过，只得屈招了。张孔目取了招状，讨一面一百斤重的死囚枷把卢俊义钉了，让公人押他去大牢里监禁。

两院押牢节级兼充行刑刽子手蔡福，人呼他为"铁臂膊"。他兄弟小押狱，生来喜欢带一枝花，人呼他为"一枝花"蔡庆。当时，蔡福让蔡庆把卢俊义押入牢中，自己回家去了。他走过州桥，一个茶博士将其请到茶楼上，说有人等他。蔡福看

时，却是李固。二人叙礼已毕，李固便请蔡福今夜杀了卢俊义，并奉上五十两黄金相谢。蔡福坐地起价，要了五百两金子。李固只得给了。这里蔡福收了金子，叫李固明早来收尸。李固拜谢，欢喜去了。

蔡福回到家里，刚刚进门，只见一人揭起芦帘，跟了进来，叫了一声："蔡节级相见。"蔡福看时，见那人生得十分标致，打扮得整整齐齐。那人开口就说："节级不要吃惊，在下是沧州横海郡人，姓柴，名进，大周皇帝嫡派子孙，绰号小旋风。今奉宋公明哥哥将令，前来打听卢员外消息。谁知卢员外被赃官污吏、淫妇奸夫陷害，监在死囚牢里，性命都在足下之手。所以，在下不避生死，特到贵宅告知：如保全得卢员外性命，我等自然不忘大德，如有半点差错，到时兵临城下，打破城池，城中之人必将全部斩首！现奉上一千两黄金薄礼。如果你想捉柴进，只在此地用绳索绑了，我绝不皱眉。"蔡福听了，吓出一身冷汗，半晌答应不得。

柴进走后，蔡福、蔡庆两个商量好了，暗地里用金子买上告下，打通关节，叫从轻发落。张孔目拿着文案禀过梁中书，将卢俊义断了四十脊杖，刺配三千里。

于是，卢俊义被人从牢里取出，由董超、薛霸解押前去，直奔沙门岛。

　　董超、薛霸当时领了公文，带着卢俊义离开州衙。李固得知此事，只得叫苦，于是叫人请两人在阁子里坐下，说："奉送两锭大银，请二位结果了卢俊义性命，揭下他脸上金印回来做表证，到时各有五十两金子相谢。"董超、薛霸收了银子，连夜起身。

　　三人走出东门，董超、薛霸把衣包、雨伞都挂在卢员外枷头上，又烫伤其脚，两个差人一路上多做恶事，解押前去。一天，三人来到一座大林中，正是东方渐明，还没人来往这里。薛霸两人正要动手，只听得一声响，一支箭射穿薛霸心窝，随后又一箭射中董超脖子，二人当时立毙。只见从树上跳下一人，救了卢俊义后放声大哭。卢俊义看时，却是浪子燕青。

燕青背着卢俊义,打算前去梁山泊。二人一直往东走了十多里,来到一家客店,燕青让卢俊义在酒店里歇息,自己外出猎取猎物,过了一会儿,燕青正要回来,只听得村子里喊声震天,一二百个差人把卢俊义缚在车子上,推了过去。燕青要出去时,无奈手中没有军器,只叫得苦,便寻思去梁山泊求救。于是,燕青找路便走,在路上正遇到梁山泊头领病关索杨雄、拼命三郎石秀。杨雄、石秀正奉着宋江将令,被派往北京打听卢俊义消息。三人商议后,燕青便跟着杨雄连夜上了梁山泊,石秀前往北京打探卢俊义消息。见了宋江,燕青把前面发生的事情细细说了一遍。宋江大惊,便会聚众头领商议良策,营救卢俊义。

石秀打听到卢俊义今日午时三刻要在市曹上斩首,忙去劫法场,他手举钢刀,杀翻了十多个。石秀一只手拖住卢俊义,往南就走。但是石秀不认得北京的路,卢俊义惊得走不动,二人又被梁中书捉了。梁中书叫人将二人枷了,嘱咐蔡福看管。蔡福想结识梁山泊好汉,便把两个人关在一处牢里,送好酒好饭给他们两个吃,因此卢俊义和石秀没有吃苦。

戴宗回到梁山泊,把前面的事情向众头领说了,宋江当时就叫上铁面孔目裴宣,派大小军兵当天进发,奔向北京城。

梁中书听报,急忙派李成、闻达迎战。

宋江分调众将,只空着南门不围,每日率军攻城。李成、闻达每日率军出城迎战,皆不能取胜。

朝中太师蔡京得知战况,即派人请枢密院官急来商议军情。不久,东厅枢密使童贯带着三衙太尉,都到节堂参见蔡太师。只见衙门防御保义使宣赞出班。这个人生得面如锅底,鼻孔朝天,卷发赤须,身长八尺,使着一口钢刀,武艺出众。人们呼他为丑郡马,那是因为宣赞赢了番将,郡王爱他武艺,招做女婿。谁想郡主嫌他丑陋,怀恨而亡,因此宣赞不得重用。

宣赞禀报蔡太师:"小将有一个相识,是汉末三分时义勇武安王嫡派子孙,姓关,名胜。生得和关云长相似,使一口青龙偃月刀,人称大刀关胜,武艺出众却屈于下僚。如果请他为上将,必能扫清水寨狂徒。"

蔡太师听了大喜,便派宣赞礼请关胜赴京。宣赞领了文书,赶到蒲东巡检司。关胜急忙和郝思文出来迎接。关胜听了宣赞来意,大喜,对宣赞说:"这个兄弟,姓郝,名思文,是我的结拜兄长。当初他母亲梦井木犴投胎,因而有孕,后生了他,因此,人们叫他井木犴。这个兄弟,十八般武艺无不精通,可惜至今未受重用。如今和我同去协力报国,有什么不可?"

宣赞高兴地答应了,催请起程。当时关胜嘱咐好老小,同郝思文领着关西汉十多人,收拾刀马盔甲行李,跟随宣赞,连夜起程。关胜等人来到东京后,在太师府前下马。门吏转报,蔡太师得知后便令进入。

　　宣赞领着关胜、郝思文来到节堂拜见蔡太师。蔡太师问关胜有何妙策解围。关胜禀告,可先攻梁山泊,后拿贼寇。蔡太师闻听大喜,随即叫枢密院官调拨山东、河北精锐军兵一万五千人。叫郝思文为先锋,宣赞殿后,关胜为领兵指挥使,步军太尉段常接应粮草,又犒赏三军,限马上起程。

　　宋江这时还和众将一起,每天攻打城池不下。只见神行太保戴宗来报,东京差关胜率军飞奔梁山泊而来,请宋江速速回军解救。宋江闻听,率军马退回。

　　宋江等人渐近梁山泊,正好迎着丑郡马宣赞的人马。宋江让军兵就地下寨,暗地派人从偏僻小路赴水上报知,约会水陆军兵两下救应。

　　水寨中李俊得到宋江将令,和三阮、张横、张顺商议。张横表示要起兵去偷袭关胜。李俊说:"宋公明哥哥令水陆军兵先作准备,不宜单独行动。"张横当时无话,过后思量再三,便领着二三百人划着船去偷袭,想活捉关胜。不想关胜早有准备,待到张横前来,便预先埋伏下了,将张横及其率领的二三百人都活捉了。

　　却说水寨中,张顺闻知哥哥张横被抓,忙来报告宋江。宋江命阮氏三兄弟及张顺去救张横。此时是后半夜,众人发声喊,抢进寨里。却发现寨中并无一人,情知中计。忽听帐前一声锣响,又见关胜率众军士冲杀过来。张顺跳下水去,阮小七被捉。阮小二、阮小五、张顺却被李俊带领童威、童猛拼死救回去。

这边丑郡马宣赞领军直到大寨。宋江率众出来迎战，小李广花荣持枪，直取宣赞。斗到十个回合，花荣卖了一个破绽，回马就走。宣赞赶来，花荣带住钢枪，拈弓取箭，连射两箭，都被宣赞躲过。宣赞见他擅长射箭，不敢追赶，霍地拨马跑回本阵。花荣连忙勒转马头，追赶宣赞，又取出第三支箭。只听当的一声响，正射在宣赞背后护心镜上。宣赞慌忙驰入本阵，关胜持青龙刀，骑火炭马，门旗开处，直临阵前。霹雳火秦明纵马直冲过来，林冲也飞奔过来。两将双战关胜，关胜一齐迎住。正在这时，宋江火急收军，双方休战。

当晚关胜出中军看月，有伏路小校前来报说："有一位将军匹马单鞭，要见元帅。"

水浒传

SHUI HU ZHUAN

关胜回顾来将，挑灯再看，大略认得。那人说："小将是呼延灼，前些日子曾率军征讨梁山泊贼人，无奈中了贼人奸计，不得还京见驾。昨日喜得将军到来，今日阵上，林冲、秦明欲捉拿将军，宋江急令收军，恐伤了足下。其实宋江早有归顺之意，只是众贼不从。今欲与将军里应外合，生擒众贼。"关胜听了，喜出望外。

第二天，宋江举兵搦战。双方各列阵势后，宋江大骂投降关胜的呼延灼，派黄信出马直取呼延灼。二人斗了不到十个回合，黄信被呼延灼打下马来。关胜急令三军掩杀过去。呼延灼说："小心中了吴用之计。"关胜听了，急忙收军回寨。

关胜听取了呼延灼偷袭宋江大寨的建议，传下将令，让宣赞、郝思文分两路接应。自带五百马军，轻弓短箭，叫呼延灼领路，夜晚起身，直奔宋江寨中，约定以炮响为号，里应外合，一齐进兵。

关胜奔入寨中，才知道中计，慌忙回马。忽然听得四边山上一阵鼓响锣鸣。关胜连忙回马，数骑马军紧随其后。关胜等人转出山口，又听得背后树林边一声炮响，四下里挠钩齐出，把关胜拿到大寨里来。

林冲、花荣带了一支军马，截住郝思文。月明之下，三马相交，郝思文气力不加，回马就走。忽然撞出扈三娘，她撒起红绵套索，把郝思文拖下了马。这时步军向前，一齐捉住郝思文，把他解到大寨。这一边，秦明、孙立领一支军马活捉了宣赞。

这时东方渐明。忠义堂上众头领依次坐了，早有人把关胜、宣赞、郝思文分头解来。宋江亲自劝降，看宋江如此义气，关胜等人都归顺了。

宋江与众将饮酒,蓦然想起卢俊义、石秀陷在北京,潸然泪下。关胜见状,起身说愿为前部。宋江大喜。第二天清晨,宋江传令,令宣赞、郝思文为副将,率军攻打北京城。探马飞报与梁中书,梁中书派索超迎战,让李成、闻达随军接应。

第二天,宋江率前部吕方、郭盛上高阜看关胜厮杀。三通战鼓结束,这里关胜出阵,对面索超出马。两人斗到十个回合,李成出阵夹攻关胜。这一边,宣赞、郝思文也来助战。五骑马搅在一处。宋江在高阜看见,用鞭梢一指,大军卷杀过去。李成军马大败,连夜退回城去。

又一天,彤云密布,索超独自领着一支军马出城突围。吴用见了,

水浒传

SHUI HU ZHUAN

水浒传

便叫军校迎战,许败不许胜。因此,索超赢了一阵,欢喜入城。当晚,天降大雪。吴用便派步军去北京城外靠山边河狭处掘成陷坑,上面用土掩盖。那雪降了一夜,天明看时,大约已没过马膝。索超当天在城上望见宋江军马面有惧色,便率三百军马冲杀出城。宋江军马四散奔走,李俊、张顺佯败,引索超来到陷坑边。李俊弃马跳到涧中,高声叫嚷:"宋公明哥哥快走!"索超听了赶来,掉入陷坑中,被活捉上寨。宋江、杨志向前叙礼,劝索超归降。索超无奈,只得降了。宋江忙叫置酒宴作贺。

一连数天,北京城都未得破,宋江闷闷不乐。这一天,只见宋江神思疲倦、身体发热、头如斧劈、一卧不起,只说背上十分疼痛。众头领都到帐中看视。

众人看时,只见宋江的背如鏊子一般红肿起来。浪里白条张顺说建康府安道全医术高明,曾治好其母背疾。如请他来,可救宋江。吴用听了,忙叫张顺去请,并取了一百两金子作为礼金。张顺走后,吴用当日便率军拔寨回山。

张顺急着要救宋江,便连夜冒着风雪,舍命往前走,独自一人来到扬子江边。沿江寻得一条渡船,便让艄公载他去建康府。艄公让他先入船里歇息,等后半夜风静雪止再行。张顺便和艄公走到舱里,看见一个瘦后生正在烤火,当即也把湿衣脱下,让那瘦后生烘烤。张顺取出棉被,卷在身上,又向艄公买了饭吃,便倒头睡了。待到醒来,发现船已到江心,自己被捆缚做一块。艄公拿板刀按在他身上。张顺求个囫囵死,并说包裹内有金子。艄公听了,便把张顺扔入水中。

那艄公打开包裹来看,见了许多金银,倒吃了一惊。他眉头一皱,叫那瘦后生过来,说:"五哥进来,和你说话。"那人刚刚钻到舱里,被艄公一手揪住，一刀落下，砍得伶仃，推下水去。艄公收拾了船中血迹，摇船去了。

却说张顺是一个能在水底伏得三四夜的人，一时被推下水，就在江底下咬断索子，凫水爬上了南岸，见树林中有一个酒店，张顺叫开门时，见到一个老丈，纳头便拜。

老丈说："你怕不是在江中被人劫了，跳水逃命的吧？"

张顺说："正是。公公不要吃惊，小人是浪里白条张顺。因为俺哥哥宋公明害发背疮，叫我用一百两黄金来请安道全。谁想我在船中睡着，被两个贼人缚了双手，扔到江里，我咬断绳索，到得这里。"老丈领他来到后屋，烫些热酒与他吃，又替他烘干了湿衣服，并叫儿子与他相见。

不久，后面走出一个瘦后生，看着张顺便拜，说："小人姓王，排行第六。因为走跳得快，人们都叫小人活闪婆王定六。平时只好凫水使棒，刚才哥哥被两个人劫了，小人都认得：一个是截江鬼张旺，一个唤做油里鳅孙五。这两人经常在这江里劫人。哥哥安心，在这里住上几天，等这家伙来喝酒，我给哥哥报仇。"第二天，天晴雪消，王定六再把十多两银子给了张顺，先叫张顺到建康府去。

张顺进城，来到槐桥下，看见安道全正在门前卖药，纳头便拜。张顺先把这闹江州、跟宋江上山的事一一说明，又说起宋江现患背疮，让他来请神医，又将他在扬子江中险些送了性命的事都实诉了。安道全这才答应去梁山泊为宋江看病。

张顺出了城，重新回到王定六的酒店里。王定六说："昨天张旺从这里走过,可惜没遇到哥哥。"张顺正觉可惜,王定六又说:"张旺那家伙又来了!"张顺叫先不要惊动张旺,让王定六去告诉他,只说他的两个亲眷要渡河。这里张顺与安道全换了衣服,戴上头巾,隐了身形,上了张旺的船。张顺爬到后梢,揭起船板,拿了朴刀,看看船已到江心,便叫嚷船舱里有血迹。张旺进舱来看时,被张顺一把揪住,让他看清了面容,便问那瘦后生哪里去了。张旺大惊失色,忙说自己已杀了那瘦后生。张顺便把张旺手脚捆缚了,丢入到扬子江去了。

张顺在船内搜出金子和零碎银两,都收拾在包裹里,三人撑船到岸。张顺劝王定六同归梁山,王定六说:"正合小弟之心。兄长先行一步,待小弟收拾了行李再去与兄长会合。"说完分别。张顺和安道全就北岸上路。王定六回家收拾了行李,携着父亲,一同赶来。

且说张顺和安道全在路上遇到前来接应的戴宗,戴宗便使起神行术,先同安道全一起回梁山。

戴宗和安道全到了梁山泊，寨中大小头领将他们领到宋江卧室内。往床上看时，宋江只剩下一口气。安道全诊脉用药，不过十天，宋江虽然疮口没痊愈，却能饮食如旧。这时，只见张顺领着王定六父子二人，前来拜见宋江和众头领，诉说江中被劫、水上报冤之事。众人无不称叹："险些误了兄长这个病！"宋江让王定六在山上当了头领。

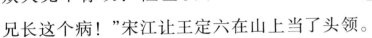

待到宋江病好，便又对众洒泪，商量要救取卢俊义和石秀。吴用说："此时正是冬尽春初，早晚元宵节将近。北京年例大张灯火。我想趁这机会，先令人装扮了在城中埋伏，外面驱兵大进，里应外合，便可破城。众兄弟中谁敢先去城中放火为号？"只见时迁从阶下走来，说："小弟曾经到过北京，城内有座楼，叫做翠云楼。小弟潜入城去，到了元宵节夜，到翠云楼上放火为号，军师可自调遣人马进城。"吴用说："如此甚好。你明天天晓，先下山去。只在元宵夜晚将近，在楼上放起火来，就是你的功劳。"又分派了众位头领。众位头领各自得令去了。

话说这北京大名府是河北头一个大郡，那里有各路买卖，十分热闹，百姓听说放灯，都赶来看。

那梁山泊探子得了这个消息，报上山来。吴用得知大喜，便对宋江说："小生替哥哥走一遭。"随即和铁面孔目裴宣点拨军马，奔北京赶来。

此时，时迁越墙入城。正月十三日这一天，时迁在城内往来观看搭缚灯棚，悬挂灯火。正看着，只见解珍、解宝、杜迁、宋迈、孔明、孔亮、杨雄、刘唐、公孙胜、凌振等人装扮了混入城中。看看日期相近，梁中书便先令闻达率领军马出城，到飞虎峪驻扎，以防贼寇。十四那一天，梁中书又令李成亲自率领五百铁骑马军，绕城巡视。

第二天便是正月十五。这一晚，节级蔡福嘱咐兄弟蔡庆看守好大牢，然后说："我先回家看看便来。"蔡福才进家门，只见有两个人闪了进来。在灯火之下看时，蔡福认得前面那人是小旋风柴进，后面那位则是铁叫子乐和。蔡节级便请他们进屋。柴进说："承蒙足下照顾卢员外和石秀，称谢不尽。望你今夜带我二人入大牢看望一遭。"蔡福无奈，只得叫二人扮成差人，带他们奔牢中去了。

天色一黑，王英、扈三娘、孙新、顾大嫂、张青、孙二娘，装扮成三对村里夫妇，挤在人丛里，入东门去了；公孙胜带着凌振，挑着荆篓，去城隍庙廊下；邹渊、邹润挑着灯在城中闲走；杜迁、宋万各推着一辆车

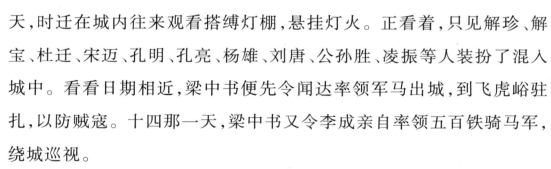

子,来到梁中书衙前,躲在人群中;刘唐、杨雄,各提着水火棍,身边都带有暗器,来到州桥上,分两边坐定。燕青领了张顺,从水门里入城,在僻静处埋伏。

不久,时迁把硫磺、焰硝等易燃之物装入篮中,自在翠云楼上等候。他扮做卖灯笼的,在各个阁子中察看。正撞见解珍、解宝,互通了消息,便要放火。这时只听楼前忽然发起喊来,说梁山泊军马到了西门外。此时李成正在城上巡逻,忙叫人关了城门,飞马来到留守司前,不多时王太守也回到留守司前。

梁中书正在衙前醉了闲坐,听说梁山泊军马进城后吓得一言不发。这时,只见翠云楼上烈焰冲天,火光夺目,十分浩大。梁中书见了,急忙上马去看,只见两条大汉将两辆车子点起火来,放在路中。梁中书要出东门时,只听两条大汉大喊:"李应、史进在此!"二人手拈朴刀,大踏步杀来。杜迁、宋万也奔了出来,四个人合做一处,把住东门。梁中书见情况不妙,便带领随行伴当飞奔南门。南门传说道:"一个胖大和尚和一个虎面行者,杀进城来了!"梁中书回马,再到留守司前,只见解珍、解宝手拈钢叉,在那里乱冲乱撞。邹渊、邹润手拿竹竿,只顾在檐下放火;南瓦子前,王英、扈三娘杀了过来;孙新、顾大嫂从身边拿出暗器,在那里协助;铜佛寺前,张青、孙二娘进去,爬上鳌山,放起火来。这时,北京城内百姓哀号奔走,十多处火光冲天,四方不辨。

梁中书又奔到西门,接着李成军兵,然后急奔到南门城上,勒住马在鼓楼上看时,只见城下军马无数,旗号写着"大将呼延灼"。左有韩滔、右有彭玘,黄信在后面催动人马,杀到门下。梁中书出不得城，和李成躲到北门城下，望见火光明亮，军马很多，为首之人却是豹子头林冲，跃马横枪，左有马麟、右有邓飞，花荣在后面催动人马，飞奔前来。梁中书再转东门，一连火把丛中，只见没遮拦穆弘，左有杜兴、右有郑天寿，率领一千多人杀入城来。梁中书奔到南门，舍命夺路而走。吊桥边火把齐明，只见黑旋风李逵，左有李立、右有曹正，从城壕里飞奔过来；李立和曹正，一齐来到。李成当先，杀开一条血路，奔出城来，护着梁中书便走。只见左边杀声震响，却是关胜率军奔向梁中书。李成手举双刀，前来迎敌。此时李成无心恋战，拨马就走。左有宣赞、右有郝思文，从两肋撞出来，孙立在后面催动人马，合力杀来。正斗着，背后赶上小李广花荣，拈弓搭箭，射中李成副将，李成副将翻身落马。李成见了，飞马奔走。逃出不远，只见右边锣鼓乱鸣，火光夺目，却是霹雳火秦明带着燕顺、欧鹏、陈达等人又杀过来。李成边战边走，护着梁中书，冲开一条血路而去。

水浒传

SHUI HU ZHUAN

杜迁、宋万前去杀了梁中书一门良贱。刘唐、杨雄去杀了王太守一家老小。孔明、孔亮已从司狱司后墙爬进去。邹渊、邹润却在司狱司前接住往来的人。大牢里柴进、乐和看见号起，便让蔡福、蔡庆一起救人。一时，邹渊、邹润撞开牢门，与孔明、孔亮一拥而入，救了卢俊义。石秀、蔡福、蔡庆各自回家保护家小。卢俊义带人奔回家中来捉李固和贾氏，不想二人逃走。幸得张顺、燕青将其捉住，解投到山寨。

再说卢俊义奔到家中，叫众人把家私都搬来装在车上，拉往梁山泊。那一边，柴进和蔡福到家中收拾家资，一同运上山寨。同时，也将老小安排送往山上。

吴用收军回寨。宋江会集诸将，众头领都到忠义堂上。宋江见了卢俊义，纳头便拜，仍要卢员外坐第一把交椅，卢俊义哪里肯坐。吴用劝说："先叫卢员外去东边耳房安歇，等今后有功，却再让位。"宋江这才不提了，就叫燕青在一处安歇，另拨房屋叫蔡福、蔡庆安顿老小。宋江大设筵宴，在忠义堂上设宴庆贺。卢俊义于厅上把捉来的李固和贾氏

割腹剜心、凌迟处死，然后抛弃尸首，上堂来拜谢众人。

梁中书探得梁山泊军马退去，便和李成、闻达带领残兵进城，见家中死伤无数，唯夫人得以逃命，便写信求蔡太师调兵除寇。

徽宗闻后大惊，便派单廷珪与魏定国连夜带兵围剿梁山泊。宋江等得知此事，便商议迎敌之策。关胜因在蒲城和单廷珪、魏定国多有相会，又深知二人以水攻火攻为主，便要去劝降二将。

宋江大喜，便叫宣赞、郝思文二将跟着前去。关胜带了五千军马，第二天就下了山。李逵说："我也去走一遭。"宋江说："这一去不用你，自有良将建功。"李逵说："如果不叫我去，我独自也要去走一遭！"宋江喝道："如果不听我的军令，就割了你的头。"李逵闷闷不已，下堂去

了。林冲、杨志领兵下山接应关胜。

　　第二天,见李逵不见了踪影,宋江便忙派人分头去找。原来那李逵在路上遇一大汉,二人打了起来,李逵竟打不过那大汉,连连问大汉的姓名,大汉不答,反问李逵姓甚名谁,李逵说后,那大汉纳头便拜。李逵忙问大汉姓名。

那汉子说："小人原是中山府人，以祖传相扑为生。山东、河北都叫我没面目焦挺。近日我得知枯树山上有一个称丧门神的人，姓鲍，名旭，专门打家劫舍，正要去他那里入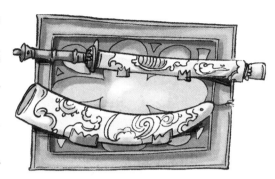伙。"李逵便劝焦挺投奔宋江，那焦挺自是欢喜。焦挺说："我常常想要投大寨入伙，却没有一条门路，今天得遇兄长，愿随哥哥。"

李逵因与宋江赌气，便提出要去找鲍旭，劝他投奔梁山泊，又要杀那单廷珪与魏定国。正说着，见时迁从后面赶来，说道："快回寨吧，哥哥等你呢。"那李逵偏不听，让时迁回寨报信，自己却和焦挺向枯树山去了。

却说关胜和宣赞、郝思文带五千军马前去挑战，单廷珪、魏定国听后大怒，出城迎战。双方交战之时，不料郝思文和宣赞被擒。关胜带兵后退时被杨志、林冲接着。

那水火二将捉得宣赞、郝思文，回到城中。张太守接着，置酒作贺。同时令造陷车，装了二人，又派出一员偏将，带领三百步军，连夜解押到东京去。不料路遇李逵，救了宣赞、郝思文二人。

单廷珪与魏定国大怒，闻报城外关胜领兵挑战，便争先出城与关胜交战。单廷珪战败，便降了宋江。他投降后将自家五百黑甲兵一齐招来。

魏定国听说单廷珪投降后大怒，第二天便率领军马出城与宋江一方交战。在战中，魏定国军队火力迅猛，将关胜军兵打得四散奔逃。魏定国带兵回城，不料城中起火，浓烟滚滚。原来李逵同焦挺、鲍旭等人趁虚而入打破北门，杀入城中放起火来。魏定国得知后便火速回军。关胜乘胜追杀，劝降魏定国。

关胜收军回梁山泊，在金沙滩上见段景住气急败坏地跑来。原来段景住与杨林、石勇去买了二百多匹好马，却被青州险道神郁保四给抢了，又解送到曾头市了。

林冲便回山寨将此事告诉了宋江。宋江听后大怒道："上次夺马匹和晁天王被他们射死的血海深仇尚未得报，今天他们更是无礼，如果不前去铲除这帮混蛋，岂不叫人耻笑！"

杨林、石勇逃回寨中，详细说起曾头市史文恭口出狂言，要和梁山泊势不两立。时迁又前去探听，了解到那里现在安排了五个寨栅。曾头市前面，有二千多人守住村口。总寨内是教师史文恭把守，北寨是曾涂和副教师苏定，南寨是次子曾密，西寨是三子曾索，东寨是四子曾魁，中寨是第五子曾升和其父守卫。这个青州郁保四，身长一丈，腰阔数围，绰号险道神，那夺去的许多马匹都在法华寺里喂养。

吴用听后便与诸将领一同商议："既然曾头市设了五个寨栅，我这里就分调五支军将，做五路去打。"

卢俊义起身，说："卢某蒙得救命上山，今天愿尽力向前，不知尊意如何？"宋江大喜，叫卢俊义带着燕青，领着五百步军，去平川小路听命，再分别调集五路军马前去攻打。

宋江军马起程时，吴用预先暗使时迁前去打听，得知曾市头寨南寨北均掘出无数陷坑，只等宋江军马到来。

宋江军马在曾市头附近下寨，吴用便用一百多辆粮车装上芦苇干柴，让攻打北寨的杨志与史进把马军一字排开，只擂鼓摇旗，虚张声势，并不进军。

曾头市的史文恭只盼宋江军马打寨时掉进陷坑。直到第二天，军兵听得炮响，军队都到南门。这时吴用调军从山背后抄小路至寨前，曾头市前面步军并不敢前去。两边伏兵都摆在寨前。背后吴用军马赶来，都被逼下坑去。史文恭却要出来，吴用用鞭梢一指，军寨中锣响，士兵们一齐推出上百辆车子，将芦苇等易燃物点起，史文恭军马出来，被火车拦住，只得回避。史文恭急待退军，火焰已经烧入南门，早把敌楼排栅烧毁。接着史文恭便下令收军，连夜修整寨门。

第二天，曾涂率领军兵，披挂上马，出阵挑战被杀。

　　次日，曾升催促要为兄长报仇。史文恭无法，便披挂整齐，骑上那匹照夜玉狮子马出战。宋江看那马更是心头火起，下令杀敌。秦明与史文恭交战十多个回合后败下阵来。宋江失败后在离寨十里外的地方驻扎下来。

　　当夜，天清月白，风静云闲。史文恭在寨中设计乘虚去劫宋江寨。晚上，他便暗暗带领众将走到宋江军寨中，进去后却发现是空寨。原来宋江早已设下埋伏，这一战曾索被杀死。

　　史文恭夺路逃回。曾长官见折了曾索，便让史文恭写投降信。宋江看过信后提出了交出郁保四这一条件。曾长官说如果要郁保四，也请出一人为质。宋江、吴用便派时迁、李逵、樊瑞、项充、李衮五人前去。临行时，吴用把时迁叫到身边，附耳低言说了几句后，五人便去了。

　　曾长官使曾升带着郁保四来到宋江大寨讲和。二人到了中军，随后把原来抢夺的马匹和金帛送到大寨。

　　宋江看了，说："先前段景住送来的那匹千里白龙驹照夜玉狮子马，怎么不见送来？快将那匹马牵来还我！"曾升写信，叫众人回寨，讨取这匹马。史文恭派人前来说："如果定要我这匹马，叫他们马上退军，我就送来！"

　　宋江听了，和吴用商量。这时，忽然有人来报："青州、凌州两路有军马到来。"

宋江说："那些家伙如果知道此事，必然变卦。"于是暗传下令，派单廷珪、魏定国前去迎战青州军马，派花荣、马麟、邓飞去迎战凌州军马，又劝降郁保四。

吴用授计于郁保四，吩咐他道："你只私逃回寨，对史文恭说你和曾升去与宋江讲和，打听到宋江只要这匹千里马，无心讲和，如果还给宋江，必然生变。现在青州、凌州两路救兵已到，宋江也十分心慌。正好乘势用计，他如果信了，我自有处置。"郁保四领命后，便到史文恭寨里，把这话说了一遍。

史文恭带郁保四去见曾长官，曾长官说："曾升还在他手里，如果有变，曾升必然被害。"史文恭说："攻下他的寨子，便可救得曾升。今晚便下令全寨人向宋江大寨进攻，回来再杀李逵等五个人也不晚。"

曾长官便下令让苏定、曾魁、曾密一同去劫寨。这时，郁保四已经进入法华寺大寨见到李逵等人，并将这个消息通知给了他们。

当晚，史文恭便带众将攻入宋江大寨，却不见一人，也听不到丝毫动静。史文恭知道中计后便马上回身，只见曾头市中锣鼓齐鸣，东西两门火炮齐响，不知有多少兵马杀将过来。

法华寺中李逵、樊瑞、项充、李衮一齐发作,杀将出来。曾长官见大势已去,就在寨里自缢而死。曾密被朱仝一朴刀搠死。曾魁在乱军中被马踏为泥。苏定被乱箭射死。后头撞来的人马都掉入设的陷坑中去,死者不计其数。梁山泊众将得胜,在曾头市卷杀八面残兵,掳掠财物。

史文恭凭这千里马行得快,杀出西门,落荒而走。约行了二十余里,却撞着燕青和卢俊义,史文恭被卢俊义一朴刀搠下马来,用绳索绑了,解投曾头市来。宋江见了大喜,先把曾升就本处斩首,曾家一门老少,尽数不留。

关胜领军杀退青州军马,花荣领兵杀散凌州军马,都回来了。大小头领不缺一个,又得了这匹千里龙驹照夜玉狮子马,其余物件尽不必说。众人便回了深山。

回到山寨忠义堂上,众头领都来参见晁盖之灵。宋江传令,教圣手书生萧让作了祭文。令大小头领人人挂孝,个个举哀。将史文恭剖腹剜心,享祭晁盖。宋江就在忠义堂上与众弟兄商议要把主位让给卢俊义,众人不服。宋江道:"如此众志不定,于心不安。如今山寨钱粮缺少,梁山泊东有东平府和东昌府两个州府,今去问他借粮,写下两个阄儿,我和卢员外各拈一处。先打破城的,便做梁山泊主。如何?"吴用道:"也好,听从天命。"宋江拈着东平府,卢俊义拈着东昌府。宋江领兵到东平府,在安山镇扎下军马。宋江道:"东平府太守程万里有一个兵马都监,乃是董平,善使双枪,人皆称为双枪将,有万夫不当之勇。我们去攻城,若他们肯归降,可免致动兵。若他们不听从,那时大行杀

147

戮,使人无怨。谁敢与我先去下战书？"只见郁保四和王定六请命前去,宋江大喜,随即写了战书与两人去下,书上只说借粮一事。

东平府程太守闻知宋江军马到了,便请董平商议军情。正坐间,门人报道:"宋江差人下战书。"程太守让人叫他们进来。郁保四、王定六进来拜见了,将书呈上。董平听了大怒,喝把郁保四、王定六一索捆翻,打得二人皮开肉绽,推出城去。两个人回到大寨,向宋江哭告。

宋江怒气填胸,先叫郁保四、王定六上车,回山将息。只见史进起身说道:"小弟旧在东平府时,与娼妓李瑞兰往来情熟。如今可安身在她那里。里应外合,可成大事。"宋江道:"最好!"史进随即拜辞起身。

史进转入城中,径到西瓦子李瑞兰家。李瑞兰见是史进,吃了一惊。把他引到楼上坐了,遂问史进如何在这里,史进道:"我如今在梁山泊做了头领。这几日哥哥要来打城借粮,我特地来探下底细。有一包金银送与你,切不可走漏了消息。"李瑞兰收了金银,且安排些酒肉相待,暗地里却叫她娘去东平府里首告。

不过一个时辰,数十个差人便把史进解到东平府里厅上。董平让人送史进去死囚牢里。

却说宋江自从史进去了,详细写书与吴用知道。吴用看了宋江来书大惊,连夜来见宋江道:"娼妓水性,此人今去,必然吃亏。"吴用便叫顾大嫂扮做乞婆入城探听消息。顾大嫂扮做乞婆,到于衙前,打听得史进果然陷在牢中。次日,顾大嫂提着饭罐,装成是史进的旧仆,央求差人进入牢中。见了史进,顾大嫂一头假啼哭,一头喂饭。顾大嫂见监牢内人多,只说得:"月尽夜打城,叫你牢中自挣扎。"史进再要问时,顾大嫂被小节级打出牢门。史进只记得"月尽夜"。

到了二十九,史进在牢中与两个节级说话,问道:"今朝是几时？"那个小节级却记错了,回说道:"今朝是月尽夜。"史进得了这话,巴不得早到晚上。一个小节级吃得半醉,带史进到厕所边。史进趁得他回头,挣脱了枷,只一枷梢,把那小节级打倒在地。史进打开牢门,只等外面救应，又把牢中应有罪人尽数放了。

　　这边董平点起兵马，杀奔宋江大寨来。伏路小军报知宋江。宋江号令众人迎敌，却好接着董平军马，两下摆开阵势。董平见交战不胜，当晚收军回城去了。宋江连夜起兵，将城团团围住。程太守又派人去大牢驻守，顾大嫂在城中未敢放火，史进又不得出来，两下拒住。

　　原来程太守有个女儿，董平无妻，他累累使人求亲，程太守不允。因此日常间二人有些言和意不和。当晚董平领军入城，使个稳当的人，乘势来问这头亲事。程太守回说："待得退了贼兵，议亲来为晚矣。"那人把这话回复董平，董平心中踌躇，恐怕他日后不肯。

　　这里宋江连夜攻城攻得紧，董平大怒，披挂上马，带领三军出城迎战。宋江佯败，活捉了董平。宋江自来解其绳索，便脱护甲锦袍与董平穿着，纳头便拜。董平慌忙答礼，表示愿降，并愿以东平库存为见面礼。董平率人大破东平府，径奔私衙，杀了程太守一家人口，夺了程太

水浒传

SHUI HU ZHUAN

149

守女儿。宋江先叫开放大牢,救出史进,又开府库,尽数取了钱粮,送上山去。史进自引人去李瑞兰家,把她一门老小碎尸万段。宋江出告示安民已罢,收拾回军。

大小将校再到安山镇,正待要回山寨,只见白胜前来报说:"卢俊义去打东昌府,连输了两阵。城中有个猛将张清,善用飞石打人,百发百中,人呼为没羽箭。他手下两员副将花项虎龚旺和中箭虎丁得孙,各会使飞枪、飞叉。前日张清出城交锋,郝思文出马迎敌,被他额角上打中一石子,跌下马来。次日,樊瑞引项充、李衮,舞牌去迎,不料项充被丁得孙的标叉所伤。二人现在在船中养病。军师特令小弟来请哥哥早去救应。"宋江听说了,当时便传令,率三军直到东昌境界。卢俊义等接着,一同到寨里商议。

到了东昌府，徐宁飞马直取张清，斗不到五回合，张清便走，徐宁去赶。张清一石子打中徐宁眉心，徐宁翻身落马，被宋江阵上吕方、郭盛急救回本阵。却见燕顺接住张清，斗无数回合，遮拦不住，拨回马便走。张清往后赶来，一石子打在燕顺铠甲护镜上，燕顺伏鞍而走。宋江阵上韩滔不搭话便战张清，不到十个回合，张清便走。见韩滔不去追赶，张清翻身勒马转回。韩滔却待挺槊来迎，被张清石子打中鼻凹，鲜血迸流，逃回本阵。彭玘见了，飞马直取张清。两个未曾交马，彭玘被张清暗藏的石子打中面额，丢了三尖两刃刀，奔马回阵。宋江见输了数将，心内惊慌，便要收军。只见宣赞拍马舞刀，直奔张清。张清手起一石子，正中宣赞嘴边，宣赞翻身落马。龚旺、丁得孙要来捉宣赞，怎耐宋江阵上人多，宣赞被众将救了回阵。

呼延灼飞马来战张清。张清一石子飞来，正中呼延灼手腕。呼延灼使不动钢鞭，回归本阵。

只见刘唐挺身出阵，径奔张清。张清不战，跑马归阵。刘唐赶去，却被活捉。张清又大胜杨志、雷横、朱仝和关胜。

双枪将董平见了，手提双枪，飞马直取张清。两马相交，军器并举。两条枪阵上交加，四双臂环中撩乱，不分胜负。林冲等前来助战，活捉了张清部属龚旺、丁得孙。张清寡不敌众，只得拿了刘唐，且回东昌府去。

且说宋江收军回寨，把龚旺、丁得孙先送上梁山泊，再与卢俊义、吴用商议。吴用道："兄长放心。小生已自安排定了。且把中伤头领送回山寨，却教鲁智深、武松、孙立、黄信、李立尽数引领水军，安排车仗船只，赚出张清，便成大事。"是时吴用分拨已定。

再说张清在城内正与太守商议，只见探事人来回报："寨后西北角上，不知哪里运送许多粮米，有百十辆车子，河内又有粮草船，大小约有五百余只。水陆并进，船马同来。沿路有几个头领监管。"张清道："今晚出城，先截岸上车子，后取他水中船只。太守助战，一鼓而得。"

张清引一千军兵,悄悄地出城。

是夜月色微明,星光满天。行不到十里,望见一簇车子,旗上明写"水浒寨忠义粮"。张清看了,见鲁智深担着禅杖,当头先走。张清一石子飞打在鲁智深头上,打得鲁智深鲜血迸流,往后便倒。张清军马一齐呐喊杀来。武松拼死去救回鲁智深,撇了粮车便走。张清夺得粮车,见果真是粮米,心中欢喜,且押送粮车入城来。太守见了大喜,自行收管。张清道:"再抢河中粮船。"太守道:"将军善觑方便。"张清上马,叫开城门,一齐呐喊,抢到河边。只见阴云密布,黑雾遮天,马步军兵回头看时,你我对面不见。这正是公孙胜施展道法。张清心慌,撤军要回,却进退无路。四下里喊声乱起,林冲引铁骑军兵,将张清连人和马都赶下水去了,张清被阮氏三雄捉住,绳缠索绑,送入寨中。水军头领飞报宋江。

吴用便催大小头领连夜杀入城中,先救了刘唐,然后便开仓库,将钱粮一份发送梁山泊,一份发给百姓。太守平日清廉,饶了不杀。

　　众人回到寨中,只见水军头领早把张清解来。众多兄弟都被他打伤,咬牙切齿,尽要来杀张清。宋江则亲自下堂阶迎接,道:"误犯虎威,请勿见怪。"又将张清邀上厅来。张清见宋江如此义气,便叩头下拜受降。张清又举荐说:"东昌府有一个兽医皇甫端,有伯乐之才。因他碧眼黄须,貌若番人,以此人称他为紫髯伯。可唤此人上山,乞取钧旨。"宋江闻言大喜。张清随即便去唤兽医皇甫端来拜见宋江并众头领。皇甫端见宋江如此义气,愿从大义。宋江甚是欢喜。

　　宋江又叫放出龚旺、丁得孙来,也用好言抚慰。二人叩首拜降。宋江让皇甫端在山寨专攻医兽。董平、张清也为山寨头领。宋江欢喜,忙叫在忠义堂上排宴庆贺,席间宋江开口说出个主意来。

　　话说宋江一打东平，两打东昌，回到山寨忠义堂上，计点大小头领共有一百单八将，心中大喜，遂对众兄弟道："宋江自从闹了江州，上山之后，皆赖托众弟兄英雄扶助，立我为头。今者共聚得一百单八员头领，心中甚喜。自从晁盖哥哥归天之后，但引兵马下山，兵刃到处，杀害生灵，无可禳谢大罪。我心中欲建一罗天大醮，报答天地神明眷佑之恩，未知众弟兄意下若何？"众头领都称道："此是善果好事，哥哥主见不差。"吴用便道："先请公孙胜主行醮事，然后令人下山，四方邀请得道高士，就带醮器赴寨；又使人买一应香烛纸马，花果祭仪，素馔净食，并合用一应物件。"众人商议选定四月十五日为始，做七昼夜好事，并广施钱财。日期已近，忠义堂前挂起长幡四首。堂上扎缚三层高台，堂内铺设七宝三清圣像。两班设二十八宿，十二宫辰，一切主醮星官真宰。堂

外仍设监坛崔、卢、邓、窦神将。摆列已定，设放醮器齐备。请到道众，连公孙胜共是四十九员。

这日天和气朗，月白风清。宋江、卢俊义为首，吴用与众头领为次拈香，公孙胜作高功，主行斋事，关发一应文书符命，与那四十八员道众，都在忠义堂上做醮，每日三朝，至第七日满散。宋江要求上天报应，特教公孙胜专拜青词，奏闻天帝，每日三朝。第七日三更时分，公孙胜在虚皇坛第一层，众道士在第二层，宋江等众头领在第三层，众小头目并将校都在坛下，众人皆恳求上苍，务要拜求报应。只听得天上一声响，如裂帛相似，正是西北乾方天门上。众人看时，直竖金盘，两头尖，中间阔，唤做天门开，又唤做天眼开。从中间卷出一块火来，如栲栳之形，直滚下虚皇坛来。那团火绕坛滚了一遭，竟攒入正南地下去了。此时天眼已合，众道士下坛来。宋江随即叫人将铁锹锄头掘开泥土，跟着去寻火块。那地下掘不到三尺深浅，只见一个石碣，正面两侧各有天书文字。

宋江取过石碣看时，上面乃是龙章凤篆蝌蚪之书，人皆不识。众道士内有一人，姓何，法讳玄通，对宋江说道："小道家祖上曾留下一册文书，专能辨验天书。那上面自古都是蝌蚪文字，以此贫道善能辨认。译将出来，便知端的。"宋江听了大喜，连忙捧过石碣，教何道士看了，良久，何道士说道："此石上刻的都是义士大名，侧首一边是'替天行道'四字，一边是'忠义双全'四字。前面有天书三十六行，皆是天罡星。背后也有天书七十二行，皆是地煞星。下面注着众义士的姓名。"又教萧让从头至后，尽数抄誊。

当时何道士辨验天书，教萧让写录出来。读罢，众人看了，俱惊讶不已。宋江与众头领道："我们原来上应星魁。今者上天显应，合当聚义。今已数足，上苍分定位数，为大小二等。天罡、地煞星辰，都已分定次序。众头领各守其位，各休争执，不可逆了天言。"众人皆道："天地之意，物理数定，谁敢违拗！"宋江遂取黄金五十两酬谢何道士。其余道众,收得经资,收拾醮器,四散下山去了。

且不说众道士回家去了,只说宋江与军师吴用、朱武等计议,堂上要立一面牌额,大书"忠义堂"三字。断金亭也换个大牌扁,前面册立三关。忠义堂后建筑雁台一座,顶上正面大厅一所,东西各设两房,正厅供放晁天王灵位。又安排众头领把守山寨各处,并重新置立旌旗等项。山顶上立一面杏黄旗,上书"替天行道"四字。忠义堂前绣字红旗二面:一书"山东呼保义",一书"河北玉麒麟"。外设飞龙飞虎旗,飞熊飞豹旗,青龙白虎旗,朱雀玄武旗,黄钺白旄,青幡皂盖,绯缨黑纛。除造中军器械外,又有四斗五方旗,三才九曜旗,二十八宿旗,六十四卦旗,周天九宫八卦旗,一百二十四面镇天旗。尽是侯健制造。金大坚铸造兵符印信。一切完备,选定吉日良时,杀牛宰马,祭献天地神明,挂上"忠义堂""断金亭"牌额,立起"替天行道"杏黄旗。

宋江当日大设筵宴,分调众头领各领了兵符印信。筵宴已毕,人皆大醉,众头领各归所拨寨中。中间有未定执事者,都于雁台前后驻扎听调。

梁山泊忠义堂上,号令已定,各各遵守。宋江拣了吉日良时,焚一炉香,鸣鼓聚众,都到堂上。宋江对众道:"今非昔比,我有片言。今日既是天罡地曜相会,必须对天盟誓,各无异心,死生相托,吉凶相救,患难相扶,一同保国安民。"众皆大喜。各人拈香已罢,一齐跪在堂上。宋江为首誓愿共存忠义于心,同著功勋于国,替天行道,保境安民。誓毕,众皆同声共愿。当日歃血誓盟,尽醉方散。从此梁山好汉尽行忠义之事,扶危济困,除暴安良。

重阳节近,宋江便叫宋清安排大筵席,会众兄弟同赏菊花,唤做菊花之会。但有下山的兄弟们，不拘远近，都要招回寨来赴筵，众头领开怀痛饮。马麟品箫唱曲，燕青弹筝。宋江大醉，作《满江红》一词。

正唱到"望天王降诏早招安"，只见武松叫道："今日也要招安，明日也要招安，冷了弟兄们的心！"李逵睁圆怪眼，大叫道："招安，招安！招甚鸟安！"只一脚，把桌子踢得粉碎。宋江大喝道："这黑厮怎敢如此无礼！把这厮监下。"有几个当刑小校，向前来请李逵。李逵道："你怕我敢挣扎？哥哥剐我也不怨，杀我也不恨。除了他，天也不怕！"说完，便随着小校去监房里睡。

宋江听了他说，不觉酒醒，忽然发悲。吴用劝道："兄长既设此会，人皆欢乐饮酒。他是个粗鲁的人，一时醉后冲撞，何必挂怀。且陪众兄弟尽此一乐。"宋江道："我在江州醉后误吟了反诗，得他气力来。今日又作《满江红》，险些坏了他性命。早是得众弟兄谏救了！他与我情分最重，如骨肉一般，因此潜然泪下。"便叫武松道："兄弟，你也是个晓

事的人。我主张招安,要改邪归正,为国家臣子,如何便冷了众人的心?"鲁智深便道:"只今满朝文武,俱是奸邪,蒙蔽圣聪,就比俺的僧袍染做皂了,如何杀得干净?招安不济事!便拜辞了,明日一个个各去自寻活路罢。"宋江道:"众弟兄听说:今皇上至圣至明,只被奸臣蒙蔽,暂时昏昧。有日云开见日,知我等替天行道,不扰良民,赦罪招安,同心报国,竭力施功,有何不美?因此只愿早早招安,别无他意。"众皆称谢不已。当日饮酒,终不畅怀。席散各回本寨。

次日清晨,众人来看李逵时,他还未睡醒。众头领唤他起来,说道:"你昨日大醉,骂了哥哥,今日要杀你。"李逵道:"我梦里也不敢骂他。他要杀我时,便由他杀了罢。"众头领引着李逵,去堂上见宋江请罪。宋江喝道:"且看众兄弟之面,记下你项上一刀。再犯,必不轻恕!"李逵喏喏连声而退。众人皆散。

一向无事,渐近岁终。纷纷雪落乾坤,顷刻银装世界,正是王猷访戴之时,袁安高卧之日。不觉雪晴,只见山下有人来报:"离寨七八里,拿得莱州解灯上东京去的一行人,在关外听候将令。"宋江道:"休要执缚,好生叫上关来。"没多时,解到堂前,原是两个差人,八九个灯匠,五辆车子。为头的这一个告道:"小人是莱州承差

公人。这几个都是灯匠。年例东京着落本州要灯三架，今年又添两架，乃是玉棚玲珑九华灯。"宋江随即赏与酒食，叫取出灯来看。那做灯匠人将那玉棚灯挂起，搭上四边结带，上下通计九九八十一盏，从忠义堂上挂起，直垂到地。宋江道："我本待都留了你的，唯恐教你吃苦，不当稳便，只留下这碗九华灯在此，其余的你们自解官去。酬烦之资，白银二十两。"众人再拜，称谢不已，下山去了。宋江教把这碗灯点在晁天王孝堂内。

次日宋江对众头领说道："我生长在山东，不曾到京师。闻知当今圣上大张灯火，与民同乐，庆赏元宵，自冬至后，便造起灯，至今才完。我如今要和几个兄弟，私去看灯，一遭便回。"吴用便谏道："不可。如今东京差人最多，倘有疏失，如之奈何？"宋江道："我日间只在客店里藏身，夜晚入城看灯，有何虑焉。"众人苦谏不住，宋江执意要行。

　　宋江与柴进扮做闲官,再叫戴宗扮做承局,也去走一遭,有些变故,好来飞报。李逵、燕青扮伴当,各挑行李下山,取路登程,来到东京万寿门外,寻一个客店安歇下了。宋江与柴进商议:"正月十四日夜,人物喧哗,此时方可入城。"柴进道:"小弟明日先和燕青入城中去探路。"宋江道:"最好。"

　　次日,柴进和燕青打扮了入得城来。转过东华门外,柴进引着燕青,径上一个小酒楼,临街占个阁子。凭栏望时,见班直官人等,多从内里出入,头边各簪翠叶花一朵。柴进唤燕青,得知徽宗庆贺元宵,赐官人衣袄一领,翠叶金花一枝,上有小小金牌一个,刻着"与民同乐"四字。如有宫花锦袄,便能够入内里去。于是柴进用药迷倒那人,换了衣服进入宫中。看睿思殿门开着,便闪身入去,转到屏风后面,但见素白屏风上御书四大寇姓名,写着:"山东宋江,淮西王庆,河北田虎,江南方腊。"

　　柴进看了四大寇姓名,从身边拔出暗器,把"山东宋江"那四个字刻将下来后,慌忙出殿。柴进回到店中,对宋江细说入内宫之事,取出御书大寇"山东宋江"四字,与宋江看罢,叹息不已。十四日晚,宋江、柴进扮做闲凉官,戴宗扮做承局,燕青扮为小闲,只留李逵看房。四个人掺杂在社火队里,转过御街,见两行都是烟月牌。来到中间,见一家外挂两面牌,各写道:"歌舞神仙女,风流花月魁。"宋江见了,便入茶坊里来吃茶,问茶博士道:"前面角妓是谁家?"茶博士道:"这是李师师家。"宋江道:"莫不是和皇上打得热的?"茶博士道:"不可高声,耳目觉近。"宋江便唤燕青安排见她一面。

却说燕青径到李师师处,让丫鬟请出妈妈来。燕青请她坐了,纳头四拜。李妈妈道:"小哥高姓?"燕青答道:"老娘忘了,我是张乙儿的儿子张闲。"李妈妈猛然想起,叫道:"你不是太平桥下小张闲么?许多时不来了。"燕青道:"小人如今服侍个山东客人,有的是家私。今只求与娘子同席一饮,事后必有重谢。"李妈妈好利,便请李师师出来相见。

李妈妈说与备细。李师师请过舍下拜茶。燕青便引二人到李师师家内。众人坐定,茶罢,收了盏托,欲叙行藏。只见奶奶来报:"官家来到后面。"李师师忙出去接驾。宋江便带了三人离开。

过了一夜,次日正是上元节候,宋江又来到李师师家中,席间却听李逵在外叫骂。只见戴宗引着李逵到阁子前,李师师便问道:"这汉子是谁?恰似土地庙里对判官立地的小鬼。"众人都笑。宋江答道:"这个是家生的孩儿小李。这厮却有武艺,挑得三二百斤担子,打得三五十人。"李师师叫取大银赏盅,各与三盅。燕青只怕李逵口出讹言,先打

发他和戴宗依旧去门前坐地。宋江道："大丈夫饮酒,何用小杯。"就取过赏盅,连饮数盅。李师师低唱苏东坡大江东去词。宋江乘着酒兴,落笔写成乐府词一首。

写毕,递与李师师,李师师反复看了,不晓其意。只见奶妈来报:"官家从地道中来至后门。"李师师忙道:"不能远送,切乞恕罪。"自来后门接驾。宋江等都闪在黑暗处。宋江见到徽宗,在暗地里说道:"俺三个何不就此求一道招安赦书,有何不好?"柴进道:"便是应允了,后来也有可能反悔。"三个正在黑地里商量。只见杨太尉揭起帘幕,见了李逵,喝问道:"你这厮是谁,敢在这里?"李逵也不回应,两交椅把杨太尉打翻地下,又扯下书画来,用蜡烛点着放火,香桌椅凳都被打得粉碎。宋江等三个听后,赶出来将李逵扯出门外去时,李逵就上街夺条棒,直打出小御街来。宋江恐关了禁门,只得和柴进、戴宗先赶出城,只留燕青看守他。李师师家火起,惊得徽宗慌忙走了。

城中喊起杀声,震天动地。高太尉听报,便带领军马来追赶。李逵正打之间,撞着穆弘、史进,于是众人合力一起打到城边。把门军士急待要关门，外面鲁智深、武松、朱仝、刘唐早杀入城来，救出里面四个，方才出得城门，高太尉军马恰好赶到。城外八个头领，不见宋江、柴进、戴宗，正在那里心慌。原来军师吴用已知此事，克时定日，差下五员虎将，引领带甲马军一千骑，是夜恰好到东京城外等着接应，正逢着宋江、柴进、戴宗三人。随后八人也到。正要上马时，却不见了李逵。高太尉军马要冲出来。宋江手下的五虎将关胜、林冲、秦明、呼延灼、董平，立马于壕堑上，大叫道："梁山泊好汉全伙在此！早早献城，免汝等一死！"高太尉听得，慌忙叫放下吊桥，众军上城提防。宋江便叫燕青等李逵一会儿，自己率军马先回梁山去了。

燕青立在人家房檐下看时，只见李逵拿着双斧，独自一个要去打东京城池，便强拉他回梁山去了。

一日，燕青禀宋江道："今三月二十八日任原设擂，小乙自幼学得这身相扑，江湖上不曾逢着对手，今好歹摔他一跤。倘或赢时，也与哥哥增些光彩。这日必然有一场好闹，哥哥却使人前来救应。"宋江说

道：“贤弟，闻知那人身长一丈，约有千百斤气力。你这般瘦小身材，怎地近得他手。”燕青道：“不怕他长大身材，只恐他不中圈套。”卢俊义便道：“随他心意，叫他去。至期，卢某自去接应他回来。”宋江便同意燕青前去。

燕青扮做山东货郎，辞了众头领，取路望泰安州来。当日天晚，正待要寻店安歇，只听李逵喊他，说是特来相帮。燕青要李逵回山，李逵只是不肯。燕青怕坏了义气，便对李逵说道：“你依我三件事，从今路上和你前后各自走，一脚到客店里，入得店门，你便不要出来。这是第一件。第二件，到得庙上客店里，你只推病，把被包了头脸，假做打鼾睡，不要做声。第三件，当日庙上，你在众人中看争跤时，不要大惊小怪。如此我便和你同去。”李逵道：“依得。”当晚两个投客店安歇。次日申牌时候，燕青将近庙上，只见一面粉牌，写道“太原相扑擎天柱任原”。旁边两行小字道“拳打南山猛虎，脚踢北海苍龙”。燕青看了，便扯扁担将牌打得粉碎，往庙上去了。

三更前后，听得一派鼓乐响，乃是庙上众香官与圣帝上寿。四更前后，燕青、李逵起来，赶往庙上。当时两个人混在人群里，先到廊下站定。知州禁住烧香的人，看这当年相扑献圣。一个年老的部署拿着竹批，上得献台，参神已罢，便请今年相扑的对手出来争跤。

只见任原来到献台，百十万人齐喝一声彩。任原道：“四百座军州，七千余县治，好事香官恭敬圣帝，都助将利物来。任原两年白受了。今年敢有和我争利物的么？”

话犹未了，燕青按着两边人的肩臂，口中叫道：“有，有！”从人背上直飞抢到献台上来。众人齐发声喊。那部署接着问道：“汉子，你姓甚名谁？哪里人氏？

你从何处来？"燕青道："我是山东张货郎，特地来和他争利物。"那部署道："汉子，性命只在眼前，你省得么？你有保人也无？"燕青道："我是保人，死了要谁偿命！"部署道："你且赤膊下来看。"燕青把布衫脱将下来，吐个架子。任原看了他这花绣急健身材，心里倒有五分怯他。

殿门外月台上，本州太守使人来叫，惜他是个俊俏后生，便劝他离开。燕青道："死而无怨。"再上献台来，要与任原定对。部署问他先要了文书，读了一遍相扑社条，拿着竹批，叫声："看扑。"说时迟，那时疾，正如空中星移电掣相似，迟慢不得。当时，燕青蹲在右边，任原先在左边立个门户。燕青则不动弹。初时，献台上各占一半，中间心里合交。任原见燕青不动弹，看看逼过右边来。燕青只瞅他下三面。

任原进前，虚将左脚卖个破绽。燕青叫一声："不要来！"任原却待奔向他，不想燕青从任原左肋下穿将过去。任原性起，急转身又来拿燕青，被燕青虚跃一跃，又在右肋下钻过去。任原体健槐梧转身终是不便，换得脚步乱了。燕青却抢将入去，用右手扭住任原，用肩胛顶住他胸脯，把任原直托起来，头重脚轻，借力便旋，旋到献台边，叫一声："下去！"把任原头在下，脚在上，直摔下献台来。这一扑，名唤做鹁鸽旋。数万香官看了，齐声喝彩。那任原的徒弟们，见燕青掀翻了师父，先把山棚拽倒，乱抢了利物。黑旋风李逵看见了，便把杉刺子拔断，拿两条杉木在手，直打将来。香官数内有人认得李逵的，说出名姓来，外面差人大叫道："休教走了梁山泊黑旋风！"那知州听得这话，吓得便投后殿走了。四下里的人围过来，庙里香官各自奔走。李逵看那任原已跌得昏晕，倒在献台边，口内只有些游气。李逵揭块石板，把任原头打得粉碎。两个从庙里打将出来，门外弓箭乱射入来。燕青、李逵只得爬上屋去，揭瓦乱打。

不多时，只听得庙门前喊声大举，有人杀将入来。当头一个头领玉麒麟卢俊义，后面带着史进、穆弘、鲁智深、武松、解珍、解宝七条好汉，引一千余人，杀开庙门，入来接应。燕青、李逵见了，便从屋上跳将下来,跟着大队人便走。李逵又去客店里拿了双斧,赶来厮杀。这府里整点得官军来时,那伙好汉已自去得远了。官兵已知梁山泊众人难敌,不敢来追赶。

卢俊义便叫人找李逵一同返回梁山。

且说各处州县申奏表文,皆为宋江等反乱骚扰一事。御史大夫崔靖出班奏请招安。徽宗准奏,便差殿前太尉陈宗善为使,赍擎丹诏御酒,前去梁山泊招安。

第二天，蔡太师命张干办、高殿帅府李虞候二人随陈太尉前去招安。宋江听了大喜。

宋江对众人说："我们受了招安，成为国家臣子，没有白受这么久的苦难！今天才成正果！"

吴用笑着说："依我看，这一次必然招安不成。纵使招安，也把咱们看得如同草芥。等到他们到了，杀得他们人亡马倒，叫他们吃些苦头，梦里也怕，那时再受招安，才有些气度。"

且说宋江先使裴宣、萧让、吕方、郭盛预先下山，在二十里外伏道迎接。水军头领准备了大船，靠在岸边。吴用传令："你们都要听我的，不然将办不成事。"

陈太尉当天前来，张干办、李虞候在马前步行，背后有二三百人。龙凤担子内挑着御酒，骑马的背着诏匣。萧让、裴宣、吕方、郭盛在半路上接着，那张干办便问道："宋江怎么不亲自来迎接？真是欺君！你们这伙人本是该死，怎么受得朝廷招安！"李虞候也说："不成全好事，也不愁你们逃脱。"

众人相随来到水边，梁山泊已经在这里摆着三只战船，一只用来装载马匹，一只供裴宣等人乘坐，一只用来供太尉及随从等人乘坐。那只载诏书和御酒的船由阮小七监督。

当天阮小七坐在船尾，分拨二十多个军健棹船，每人都配着腰刀。陈太尉旁若无人，坐在中间。阮小七招呼众人把船划动，两边水手一齐唱起

歌来。李虞候便骂:"村驴,贵人在此,全无忌惮!"那些水手并不理睬,只顾唱歌。

李虞候拿起藤条便打水手们,众人并无惧色,有几个为头的回话:"我们唱歌,与你有什么相干!"李虞候说:"杀不尽的反贼,怎么敢顶嘴?"便用藤条去打,两边水手都跳进水里去了。

阮小七坐在船尾上,说:"你这样打我的水手,他们下水里去了,这船怎么走啊?"只见上游有两只快船下来接应。原来阮小七预先积了两舱水,此时阮小七拔了楔子,然后叫了一声:"船漏了!"水瞬间便涌了上来,在船里积了一尺多深。那两只船靠拢过来,众人急忙把陈太尉换到快船上。各人先把船摇开,全不顾诏书与御酒,坐船而去。

阮小七叫水手上来,舀了舱里的水,用布都拭抹了,又叫水手:"你们先取一瓶御酒过来,我先尝一尝滋味。"结果阮小七喝得口滑,一连喝了四瓶。阮小七说:"这怎么好?"水手说:"船尾有一桶白酒。"阮小七说:"把舀水的瓢拿来,我叫你们也尝尝这酒。"剩下那六瓶御酒,都分给水手们喝了,却装上十瓶村醪白酒,放在龙凤担内,摇船上岸了。

宋江始终对张干办、李虞候等礼让三分,而他们却装模作样、气焰嚣张,完全不将宋江等人放在眼里。

宋江等人见礼后,萧让展开诏书,高声读道:

"制曰:因宋江等啸聚山林,劫据一隅,占郡县邑,本欲讨伐,只恐劳民伤财。现派陈宗善招安,将应有钱粮、军器、马匹、船只全部纳官,拆毁巢穴,率领赴京,便赦免其罪。如违反诏制,天兵一到,一个不留。故此告之。想宜知悉。宣和三年孟夏四月某日诏示。"

萧让读罢,宋江以下的人十分愤怒。只见黑旋风李逵从梁上跳下来,从萧让手里夺过诏书,扯得粉碎,揪住陈太尉便要打。这时,宋江和卢俊义一起上前阻拦,这才解了围。

过后,宋江说:"太尉请放心,不会再有半点差池。先取御酒,让众人沾恩。"取过一看,均是村醪白酒。众人见了,骇然失色,一个个走下

堂去。

鲁智深提着铁禅杖,高声叫骂:"忒杀是欺负人!把水酒做御酒来哄俺们吃!"赤发鬼刘唐、行者武松、没遮拦穆弘、九纹龙史进一齐大喊大闹。六个水军头领边骂边下关去了。宋江见情况不妙,横身在里面拦挡,急传将令,叫轿马护送陈太尉等下山。

这时,有一大半的大小头领都闹了起来,宋江、卢俊义只得亲身上马,把陈太尉等人护送出三关。

事后,陈太尉上奏徽宗。徽宗闻之大怒,蔡太师启奏说只有用重兵剿扫才可取胜,提议枢密院官可办成此事。

徽宗便唤枢密使童贯领兵围剿梁山泊,童贯领军三万靠近梁山泊下寨。在与梁山泊宋江兵马交战中,童贯损兵折将,元气大伤。几日后宋江又用计杀得童贯三路大军大败,退守三十里外。接连的大败使童贯逃回东京,与高太尉和蔡太师继续商议围剿对策。

水浒传 第三十一回

高太尉征讨梁山 宋公明三败官军

再说梁山泊好汉自从两赢童贯之后，宋江、吴用商议，必用一个人去东京探听消息虚实，上山回报，如此方能预先准备军马交锋。戴宗、刘唐告请要去，宋江大喜，便命二人下山。

却说童贯和毕胜沿路收聚败残军马，安排了军队回到东京。见过太尉高俅，二人来到太师蔡京处商议后便各自回府去了。次日早朝上，只见蔡太师出班奏道："昨遣枢密使童贯，统率大军征进梁山泊草寇。近因炎热，军马不服水土，因此权且罢战，各回营寨暂歇。童贯可于泰乙宫听罪，别令一人为帅，再去征伐。"徽宗曰："谁与寡人分忧？"高太尉出班奏请出征，但须造船，或用官钱收买民船，以为战伐之用。徽宗准奏。

当日百官朝退,童贯、高太尉便唤中书省关房掾史,传奉圣旨,定夺拨军。高太尉选了王焕、徐京、王文德、梅展、张开、杨温、韩存保、李从吉、项元镇、荆忠十节度使,各个率领所属精兵一万,前赴济州取齐,听候调用。他又选了金陵建康府一支水军,为头统制官唤做刘梦龙,并帐前选党世英和党世雄弟兄二人同去,各处军马共一十三万。又命诸路差官供应  粮草,沿途交纳。高太尉连日整顿衣甲,制造旌旗。

高太尉在京师拖延了二十余日,徽宗降敕,催促起军。高太尉先发御营军马出城,又选教坊司歌儿舞女三十余人,随军消遣。至日祭旗,辞驾登程,往济州进发,却好一月光景。

却说十路军马陆续都到济州。节度使王文德领着京兆等处一路军马,星夜奔济州来。王文德离济州尚有四十余里,被董平率军截住杀了一阵,后又遇到张清率军冲杀,伏鞍而逃。幸得节度使杨温军马前来救应。因此董平、张清自回去了。

两路军马,同入济州歇定。济州太守张叔连夜接待各路军马。数日之间,高太尉大军、刘梦龙战船先后到了,参见了高太尉。高太尉随即遣大小三军并水军杀奔梁山泊来。

且说董平、张清回寨说知情况。宋江与众头领统率大军下山与官军对阵。只见官军先锋王焕出阵,豹子头林冲来战。两个战约七八十回合，不分胜败。又见节度使荆忠出马交战，呼延灼来迎。二将交锋，约斗二十回合，荆忠被呼延灼卖个破绽，打死于马下。高太尉急差项元镇出阵，这边董平出战。两个斗不到十个回合，项元镇霍地勒马便走，董平拍马去赶。项元镇翻身背射一箭，正中董平右臂。董平弃了枪，拨回马便走。呼延灼、林冲忙救得董平归阵。高太尉指挥大军混战。梁山泊后面军马遮拦不住，都四散奔走。高太尉直赶到水边，调人去接应水路船只。

哪想官军不擅水战，大败。刘梦龙爬过水岸，拣小路走了。党世雄不肯弃船，被活捉上梁山大寨来。

却说高太尉见水路里又折了一阵，忙传令收兵回济州去。高太尉军威折挫，锐气摧残，回去的路上又被杀了一阵。

却说梁山泊中，宋江先唤神医安道全用药调治董平，董平便在寨中养病。吴用收住众头领上山，水军头领张横解党世雄到忠义堂上请功。宋江教押去后寨软监着，将夺到的船只，尽数都收入水寨。

再说高太尉在济州城中，会集诸将，商议收剿梁山之策。节度使徐京举荐闻焕章。高太尉听说，便差首将一员，赍带缎匹鞍马，星夜回东京，礼请闻焕章来为军前参谋。不到三五日，城外报来："宋江军马，直到城边搦战。"高太尉听了大怒，随即率军出城迎敌。

宋江与高太尉军队摆成阵势。红旗队里双鞭呼延灼，兜住马，横着枪，立在阵前。高太尉看见，便差韩存保出马迎敌。两个战到五十余回合，呼延灼卖个破绽，拍着马往山坡下便走。韩存保要争功，跑马赶来，众人活捉了韩存保。

宋江等坐在忠义堂上，见缚了韩存保来，亲解其索，殷勤相待，请出党世雄相见，一同款待。次日具备鞍马，将二人送出谷口。这两人入城来见高太尉，说宋江把他们放回之事。高俅大怒，欲斩二人，众人苦求后，便饶了他们性命，削去本身职事，发回东京泰乙宫听罪。

原来这韩存保是国老太师韩忠彦的侄儿。有个门馆教授郑居忠，见任御史大夫。韩存保把这件事告诉他。郑居忠带了韩存保，来见尚书余深，同议此事。余深道："须是禀得太师，方可面奏。"二人来见蔡太师，且言宋江有招安之意，次日早朝，徽宗升殿，蔡太师奏准，再降诏敕，令闻焕章随天使前去招安。

却说高太尉在济州，心中烦恼。门吏报道："牛邦喜到来。"高太尉便教唤至。拜罢，牛邦喜禀道："于路拘刷得大小船一千五百余只，都到闸下。"高太尉大喜，赏了牛邦喜。高太尉便传号令，把船每三只一排钉住，上用板铺，船尾用铁环锁定；尽数拨步军上船，其余马军，近水护送船只。等到编排得军士上船，训练得熟，已过半月。梁山泊尽都知了此事。

吴用唤刘唐受计，掌管水路建功。又命众多水军头领，各准备小船，在船头上排排钉住铁叶，船舱里装载芦苇干柴，柴中灌着硫磺焰硝引火之物，屯住在小港内。吴用命炮手凌振于四处高山上放炮为号，又在水边树木丛杂处虚插旗号，请公孙胜作法祭风，旱地上分三队

军马接应,少时,吴用布置得当。

　　却说高太尉在济州催起军马,杀奔梁山泊来。先说水路里船只,刘梦龙杀入梁山深处,并不见一只船,便教先锋在金沙滩头登岸,却被秦明、呼延灼各带五百军马截住。牛邦喜听得前军喊起,便命后船退去。只听得山顶上连珠炮响,芦苇中飕飕有声,却是公孙胜在山顶上祭风。须臾白浪掀天,狂风大作。刘梦龙急命棹船回时,只见棹出许多小船来,钻入大船队里。鼓声响处,大火竟起,烈焰飞天,都落在大船内。前后官船,一齐烧着。梁山水军趁势掩杀,死伤的官兵不计其数,党世英也被射死于水中。李俊捉得刘梦龙,张横捉得牛邦喜,割下二人首级送上山来。

　　再说高太尉得知急引军回旧路时,被梁山众头领又连杀数阵,折其大半。

　　高太尉回城后,远探报道:"天使到来。"高太尉遂引军马迎接了天使,听说降诏招安一事。他与闻焕章参谋使相见了,同进城中帅府商议。高太尉先讨副本备诏观看，主张不定。不想济州老吏王瑾，因见了诏书抄白，来帅府禀说："诏书上最要紧是中间一行，道是：'除宋江、卢俊义等大小人众所犯过恶，并与赦免。'这一句可将'除宋江'另做一句，'卢俊义等大小人众所犯过恶，并与赦免'另做一句。将宋江骗到城里杀了，其手下众人自然散了。"高太尉大喜，随即升王瑾为帅府长史，先遣一人往梁山泊报知，令宋江等全伙都到济州城下听天子诏敕。

宋江传下号令，命大小头领去听读诏书。卢俊义见疑，吴用笑道："不要疑心，只顾跟随宋公明哥哥下山。我这里自有安排。"吴用分调已定，众头领都下了山，只留水军头领看守寨栅。

高太尉出令，命百姓都上城听诏。鸣鼓三通，众将在城下听城上开读诏书。

当军师吴用听到"除宋江、卢俊义等大小人众所犯过恶，并与赦免"，便目视花荣道："将军听得么？"读罢诏书，花荣大叫："既不赦我哥哥，我等投降则甚！"搭上箭，拽满弓，射死开诏者。城下众好汉一齐叫声："反！"乱箭往城上射来。高太尉回避不迭。只见官军从城门中杀出来。宋江军中，一声鼓响，一齐上马便走。城中官军追赶，看东有李逵引步军杀来，西有扈三娘引马军杀来。城内官军只怕有埋伏，都急退时，宋江全伙却回身杀将来，三面夹攻。城中军马大乱，急急奔回，伤之众多。宋江收军，自回梁山泊去了。

却说高太尉在济州写表，申奏朝廷，称说宋江贼寇射死天使，不同意招安。外写密书，让蔡太师奏明徽宗，沿途接应粮草，星夜发兵前来，并力剿捕群贼。

却说蔡太师收得高太尉密书，径自入朝奏知徽宗。徽宗闻奏，龙颜不悦，教诸路各助军马，并听高太尉调遣。杨太尉已知节次失利，再于御营司选拨二将，就于龙猛、虎翼、捧日、忠义四营内，各选精兵五百，共计二千，跟随两个上将丘岳和周昂去助高太尉杀贼。

且说高太尉在济州和闻参谋商议，比及添拨得军马到来，先使人

去筹备打造战船。

宋江得知，便与吴用商议。吴用笑道："有何惧哉！只消得几个水军头领便了。可先教一两个弟兄，去那造船厂里放火。"宋江道："此言最好。可让鼓上蚤时迁、金毛犬段景住这两个走一遭。"吴用道："再叫张青、孙新扮做拽树民夫，杂在人丛里，入船厂去。叫顾大嫂、孙二娘扮做送饭妇人，和一般的妇人杂将入去。再让时迁、段景住接应。"前后分头下山，自去行事。

当晚约有二更时分，孙新、张青在左边船厂里放火，孙二娘、顾大嫂在右边船厂里放火。船厂内民夫工匠，一齐发喊，拔翻排栅，各自逃生。高太尉得报，急忙起来，差拨官军出城救应。丘岳、周昂二将，各引本部军兵，出城救火。去不多时，城楼上又起火了。高太尉听了，亲自上马引军上城救火时，又见有人报道："西草场内起火，照耀浑如白日。"丘、周二将引军去西草场中救护时，只听得鼓声震地，喊杀连天。

原来没羽箭张清引着五百骠骑马军在那里埋伏，看见丘岳、周昂引军来救应，杀了一阵，用石子伤了丘岳，便招引了五百骠骑军回去了。这里官军恐有伏兵，不敢去追，自收军兵回来，且只顾救火。

三处火灭，天色已晓。高太尉令医人治疗丘岳，一面又命继续造船。船厂四围，都叫节度使下了寨栅，早晚提防，不在话下。

造船将完，高太尉大喜，祭了水神，叫来从京师带来的歌儿舞女，上船作乐侍宴。当夜就船中宿歇。一连三日筵宴，不肯开船。忽有人报道："梁山泊贼人，写一首诗，贴在济州城里土地庙前。有人揭得在此。"

其诗写道："帮闲得志一高俅，漫领三军水上游。便有海鳅船万只，俱来泊内一齐休。"

高太尉看了诗，大怒，便要起军征剿，被闻参谋劝住。高太尉遂入城中，商议拨军遣将。旱路上调周昂、王焕同领大军，随行策应。又调项元镇、张开，总领军马一万，直至梁山泊山前那条大路上守住厮杀。

其余闻参谋、丘岳、徐京、梅展、王文德、杨温、李从吉,长史王瑾,造船人叶春,随行牙将,大小军校,随从人等,都跟高太尉上船征进。高太尉拨三十只大海鳅船与先锋丘岳、徐京、梅展管领,拨五十只小海鳅船开路,令杨温同长史王瑾、船匠叶春管领。中军船上,却是高太尉、闻参谋,引着歌儿舞女,自守中军队伍。后面船上,便令王文德、李从吉压阵。飞云卷雾,往梁山泊杀来。

当下三个先锋催动船只,把小海鳅分在两边,挡住小港,大海鳅船往前进发。梁山众水军头领分三队前来,待到官军打时,都跳入水中去了。

此是暮冬天气,官军船上招来的水手军士,哪里敢下水去。正犹豫间,只听得梁山泊顶上号炮连珠作响。只见四分五落,芦苇丛中钻出千百只小船来,水面如飞蝗一般。每只船上,只三五个人,船舱中竟不知有何物。

大海鳅船上水车正要踏动时,前面水底下都填塞定了车辐板,竟踏不动。弩楼上放箭时,小船上人一个个自顶片板遮护。看看逼将拢来,一个把挠钩搭住了舵,一个把板刀便砍那踏车的军士,早有五六十个爬上先锋船来。官军急要退时,后面又塞定了,急切退不得。只听得芦苇中金鼓大振,舱内军士一齐喊道:"船底漏了!"纷纷跳入水来。前船后船,尽皆都漏,慢慢沉下去。原来是张顺引领一班水军高手,在水底下凿透船底。高太尉爬上舵楼,叫后船救应。只见一个人跳上舵楼来,口里说道:"太尉,我救你性命!"说罢,把高太尉丢下水里去。

那个人便是浪里白条张顺,水里拿人,浑如瓮中捉鳖,手到拈来,轻易地把高太尉捆缚住了,捉上岸来。前船丘岳见阵势大乱,急寻脱身之计,却被杨林砍下船去。徐京、梅展见杨林杀了先锋丘岳,两个奔来杀杨林。水军丛中,郑天寿、薛永、李忠、曹正一发从

179

后面杀来，活捉了徐京。梅展被薛永一枪搠着腿股，跌进舱里，被活捉了去。

休说水路全胜。且说卢俊义引领诸将军马，从山前大路杀将出来，正与先锋周昂、王焕马头相迎。周昂便与卢俊义交锋，斗不到二十余回合，未见胜败。只听得后队马军发起喊来。东南关胜、秦明，西北林冲、呼延灼，众多英雄，四路齐到。四将不敢恋战，拖了枪斧，夺路逃入济州城中。

再说宋江掌水路，捉了高太尉，急叫戴宗传令，不许杀害军士。中军大海鳅船上，闻参谋等，尽掳过船。鸣金收军，解投大寨。宋江等在忠义堂上，见张顺解到高太尉，便慌忙为其换了衣服，拜请上坐。不多时，只见众头领纷纷解上人来。单单只走了四人：周昂、王焕、项元镇、张开。宋江都叫换了衣服，重新整顿，尽皆请到忠义堂上，列坐相待。

当时宋江便叫杀牛宰马，大设筵宴。一面分投赏军，一面大吹大擂，会集大小头领，都来与高太尉相见。高太尉畏惧众人，说回去定当回禀徽宗前来招安。宋江听了大喜，拜谢高太尉。连日宴请，至第四日，宋江与吴用亲送高太尉等下山。

却说高太尉等一行人马，回到济州，分拨了众军马，往东京进发。济州太守张叔夜自回济州，紧守城池。

高太尉把参谋闻焕章留在梁山,自己带领人马回去,为了招安,就令萧让、乐和一同跟他去了。

梁山众头目商议,参谋闻焕章也参与进来。大家认为高太尉乃转面忘恩之人,定不会那么容易招安。燕青与戴宗两人便决定去京城找李师师帮忙奏明徽宗。二人扮做差人,又拿得闻参谋写给宿太尉的求助信,辞了众头领下了梁山。

行了数日,来到东京,两人直接奔到开封府前,找个客店歇了。

第二天,燕青换了领布衫,用搭膊系了腰,又换了顶头巾,装做小仆模样。他带了一帕子金珠,奔向李师师家。李师师见了他便说:"上次若不是我巧言奏过官家,你们一定会惹来杀身之祸。上次的事我还有很多疑问,这次你来了,我正要问你。"燕青道:"我哥哥希望娘子把他替天行道、保国安民之心告知皇上,以便早日下诏招安,如娘子能帮此忙,你就是梁山数万人的恩主!如今奸臣当道,才不得已来请娘子帮忙。不想惊吓了娘子,实在有罪。"说着拿出帕子包的金珠宝贝摊在桌上。

燕青接着说:"这些东西还望笑纳。前一次招安不成,第二次,诏书又被故意断读:'除宋江,卢俊义等大小人众,所犯过恶,并与赦免。'又没能归顺。童贯统率大军前来,被打得大败,后来高俅也来了,被生擒,他立了大誓,定会奏明天子前来招安。可他却把梁山派去的两个人软禁在家中。"李师师听得明白,又见燕青一表人才,对他有心。燕青认李师师为姐姐,又将一包碎金分与李妈

妈及全家大小,李家都欢喜无比,留燕青在家中,称其为叔叔。

也是机缘凑巧,燕青偶然得知徽宗晚上要来这里,便央求李师师带他参见徽宗,求一道御笔赦书。李师师应允了。

当天晚上,徽宗领着一个内侍从地道中来到李师师家后门。李师师把徽宗接进房中,向徽宗提出燕青要来拜见的请求。徽宗立即接见了燕青。李师师叫燕青吹箫,服侍徽宗饮酒,徽宗大喜。接着,燕青又唱了一支哀婉的曲子,随即以曾经被梁山泊头领掳捉上山,怕被官军缉捕为由讨要了御笔赦书。

徽宗问燕青梁山泊的情况,燕青说:"宋江这伙人专行忠义之事,不侵扰官府,也不欺压良民,只盼望招安,为朝廷效力。"徽宗又问:"为什么朕两次派人招安,宋江等人却不受招安?"燕青便把高太尉两次招安的情况说了一遍。徽宗听了,嗟叹不已。看看夜深了,燕青叩头退下,回去歇息,徽宗和李师师也安歇了。次日天明,内侍把徽宗接了回去。

次日，徽宗早朝，驾坐文德殿。文武班齐，徽宗宣命卷帘，旨令左右近臣，宣枢密使童贯出班。徽宗问道："你去年统十万大军，亲为招讨，征进梁山泊，胜败如何？"童贯跪下，便奏道："臣旧岁统率大军，前去征进，非不效力，奈缘暑热，军士不伏水土，患病者众，十死二三，臣见军马艰难，以此权且收兵罢战，各归本营操练。所有御林军，于路病患，多有损折。次后降诏，此伙贼人，不伏招抚。及高俅以舟师征进，亦中途抱病而返。"徽宗大怒，喝道："都是汝等妒贤嫉能，奸佞之臣，瞒着朕行事！你去岁统兵征伐梁山泊，如何只两阵，被寇兵杀的人马辟易，片甲只骑无还，遂令王师败绩。次后高俅那厮，废了州郡多少钱粮，陷害了许多兵船，折若干军马，自己又被寇活捉上山，宋江等不肯杀害，放将回来。朕闻宋江这伙，不侵州府，不掠良民，只待招安，与国家出力，都是汝等不才贪佞之臣，枉受朝廷爵禄，坏了国家大事！汝掌管枢密，岂不自惭？本当拿问，姑免这次，再犯不饶！"童贯默默无言，退在一边。徽宗又问："你大臣中，谁可前去招抚梁山泊宋江等众人？"圣宣未了，有殿前太尉宿元景出班跪下，奏道："臣虽不才，愿往一遭。"徽宗大喜，命其前去招安宋江等人。

宿太尉打起御赐黄旗，带了御赐的金牌、酒、锦缎等物，往济州而来。

宿太尉前来招安的事，早就由济州太守张叔夜亲自上山通知了宋江等人。宋江听了，喜出望外，连忙传令下去，让人在从梁山泊到济州的路上扎起二十四座山棚，结彩悬花，陈设笙箫，准备茶饭。宋江又派吴用、乐和、朱武、萧让等四人前往济州先拜见宿太尉，其余大小头目准备迎接宿太尉，接受招安。

且说吴用等人跟随太守张叔夜连夜下山，来到济州。第二天，他们来到馆驿，参见宿太尉。宿太尉心中欢喜。太守张叔夜设宴款待众人，不在话下。

到了第三日清晨，宿太尉到来，宋江等人迎接，邀请宿太尉和张叔夜坐在上堂。萧让开读诏文。其中写道：

"朕今特差殿前太尉宿元景赍捧诏书,亲到梁山水泊,将宋江等大小人员所犯罪恶尽行赦免。给降金牌三十六面,红锦三十六匹,赐与宋江等上头领;银牌七十二面,绿锦七十二匹,赐与宋江部下头目。赦书到日,莫负朕心,早早归顺,必当重用。"

萧让读完诏文,宋江等人皆呼万岁,再拜谢恩,大设筵宴,款待宿太尉等人,一直到晚上才散席,众人各自都去安歇了。

次日清晨,宋江等人送宿太尉回京师,约定买市十日后再进京朝见徽宗。送走了宿太尉一行人,宋江等人回到大寨,把大小头领和军校们唤到忠义堂上。宋江传令:"今日喜得朝廷招安,重见天日,早晚要去京城替国家出力。我们一百单八人,上应天星,生死一处。今日天子宽恩降诏,赦罪招安,大小众人,全部释其所犯。我们一百单八人,早晚朝京面圣。你们这些军校,也有前来落草的,也有随众上山的,也有军官失陷的,也有掳掠来的。这一次我们受了招安,都将前往朝廷。你们如愿去的,可一同进发,如不愿去的,就这里报名相辞。"

第二日，宋江又令萧让写了告示，告知临近州郡乡镇买市之事。

此后一连十日，四方居民都来山寨买市，买市完毕，宋江安排妥当，随即率军马前往京城。

徽宗闻奏后大喜，便派宿太尉及御驾指挥使一员，手持旌旄节钺，出城迎接。宋江军马来到京师城外，路上遇到前来迎接的宿太尉和那员御驾指挥使。宋江连忙率领众头领前来参见宿太尉，在新曹门外屯驻军马，安营下寨，等着朝见徽宗。

且说宿太尉和御驾指挥使进城，回奏徽宗，说宋江等在门外听候圣旨。徽宗说："朕久闻梁山泊宋江等一百单八人，上应天星，更兼英雄勇猛。今已归降，到于京师。朕来日引百官登宣德楼，可教宋江等俱依临敌披挂戎装服色，休带大队人马，只将三五百马步军进城。自东过西，朕亲要观看，也叫在城军民知此英雄豪杰为国良臣。然后却令卸其衣甲，除去军器，都穿所赐锦袍，从东华门而入，就文德殿朝见。"

那一天，宋江等人身穿戎装，气宇轩昂地走在通往东郭门的路上，前去朝见徽宗。京城百姓看到宋江等人这样英雄，都称赞不已。

徽宗赐宋江等人筵宴，到晚才散。谢恩后，宋江等人从西华门出来，回归本寨。

徽宗欲赐给宋江等人官爵，枢密院官俱本上奏："新降顺的人，没有功劳，不可轻易加爵，可等到日后征讨，建立了功勋，再赏官爵。现今宋江手下数万人逼城下寨，十分不妥。陛下可把宋江等所部军马，原是京师被陷之将，仍还本处。外路军兵，各归原所。其余人众，分别调出，这是上策。"次日，徽宗派御驾指挥使到宋江营中口传圣旨，让宋江分开军马，各归原所。

这时候，有辽国郎主起兵前来，侵占九州边界，又兵分四路而入，劫掳山东、山西，抢掠河南、河北。各处州县，申达表文，向朝廷求救，童贯等人却隐瞒不报。

几个贼臣暗中密谋，叫枢密使童贯启奏，欲陷害宋江等梁山泊好

汉。没想到，从那御屏风后，转出殿前都太尉宿元景，把童贯喝住。宿太尉向殿前启奏："陛下，宋江这伙好汉，刚刚归降，一百单八人，恩同手足，他们决不肯拆散分开。现今辽国兴兵十万，侵占九州所属县治。以臣愚见，正好派宋江等全部良将，率领所属军将人马，前去收服了辽贼，为朝廷效力，如此方好。"

水浒传

SHUI HU ZHUAN

水浒传

水浒传 第三十三回
宋江奉召破大辽 梁山议请攻方腊

话说徽宗听宿太尉所奏，龙颜大喜。于是赐宋江为破辽都先锋，卢俊义为副先锋，其余众将等建功之后再加官受爵。宋江等人听诏大喜。宿太尉领着宋江在武英殿朝见天子，宋江叩头谢恩，辞了徽宗出来，回到营中整顿军马，传令诸军将校准备出发。

第二天一早，徽宗令宿太尉传下圣旨，命中书省院官员，在陈桥驿犒劳三军，赐给宋江手下每名军士一瓶酒、一斤肉，并派两个公差前去分发。

宋江传令各军，将军马分成二次起程：令五虎八彪将引军出发，十骠骑将在后。宋江、卢俊义、吴用、公孙胜统领中军。水军头领三阮、李俊、张横、张顺，带领童威、童猛、孟康、王定六和其他水军头目，乘战船自蔡河内出黄河，往北进发，宋江率领大队人马，取陈桥驿大路前进。

宋江每日行军六十里，安营下寨，所过州县，秋毫无犯。

宋军途经密云县，正遇到辽国守将阿里奇率领辽兵出阵迎战，两

188

边摆开阵势。县官令辽将阿里奇前来与宋江交锋。两军对阵，宋江队中徐宁催马挺枪，来战阿里奇，几十个回合过后，徐宁败下阵来。阿里奇正在后面追赶，被张清一个石子打中左眼，落在马下。花荣、林冲等将奔到近前，活捉番将阿里奇。宋军大队人马前后掩杀，杀散了番兵，一鼓作气夺了密云县。

辽国郎主得知宋江等人领兵杀到檀州，围了城，便派出皇侄耶律国珍和耶律国宝领一万番兵来救檀州。他二人得令出发，来到密云县。两边摆开阵势，双枪将董平跃马挺枪，直奔耶律国珍。耶律国珍挺枪来战，董平右手逼过绿沉枪，使起左手枪来，朝耶律国珍脖根上一枪，搠了一个正着。见到哥哥落马，耶律国宝冲了过来，不想被张清一石子打中面门，翻身落马。

守卫檀州的番将洞仙侍郎见到大势已去，只得领着一些败残军马，投奔蓟州。宋江大军就这样占领了檀州。

徽宗闻奏，龙颜大喜。随即降旨，差东京府同知赵安抚统领二万御营军马前来监战。

这时，杨雄告禀："前面就是蓟州。这是一个大郡，打下蓟州，其他地方就更容易夺取。"宋江听说，便与军师吴用商议。商议已定，宋江兵分两路攻打蓟州，一路杀到平峪县，另一路杀到玉田县。宋军所到之处，辽军无不四散奔逃。守卫蓟州的辽国御弟大王耶律得重听说宋军杀来，出来迎战，可未能取胜。耶律得重见大势已去，便和洞仙侍郎保护家小逃往燕京，前去向大辽狼主请罪。

自此以后，宋军军威大振，又乘势攻取了霸州。宋江、卢俊义统率大军，转过隶属幽州的永清县，又遇到辽军大将寇先锋。孙立截住寇先锋厮杀，几个回合过后，两人分开。孙立在马上带住枪，取出弓箭，瞄准寇先锋后心射了一箭，不料这枝箭没射到寇先锋，反而被他接在

手中。寇先锋也取出弓，搭上那枝箭，向孙立前心窝射来，孙立身子往后一倒，躲过了那枝箭，寇先锋认为箭射中了孙立，便前来捉拿，不想孙立跳了起来，寇先锋挺枪向孙立刺来，却因用力过猛扑到了孙立的怀里。孙立趁势用虎眼钢鞭削去了寇先锋的半个天灵盖。孙立得胜回到阵前。宋江率军冲过阵来，杀得辽军四散奔逃。

水浒传

SHUI HU ZHUAN

宋军又进军昌平县，把军马摆开，扎下营寨。秦明在前，呼延灼在后；关胜居左，林冲居右；东南索超，东北徐宁，西南董平，西北杨志。宋江守领中军。其余众将，各依旧职。后面步军另做一阵在后，以卢俊义、鲁智深、武松三个人为主。摆好阵势后，宋江下令在燕京城外竖起云梯炮石，准备攻城。只见宋军个个磨拳擦掌，准备厮杀。

辽国郎主见宋军人马摆开阵势，吓得慌忙会集群臣商议，群臣中很多人建议说："如今形势危急，不宜对敌，只可递降书。"辽国郎主听从了众人的建议，写好了降书，并在城上竖起降旗，派人到宋营中送降书，并允诺说："自此以后，年年进贡，岁岁称臣，再也不与宋朝为敌。"宋江听后大喜，把来人带到后营来见赵枢密，告禀了辽使递交降书一事。赵枢密也心中欢喜。

这时候，辽国郎主派丞相褚坚去京中贿赂太师蔡京、枢密使童贯、太尉高俅、太尉杨戬以及省院大小官僚。这些人收了褚坚送来的金银

等物,在朝廷上极力主张接受辽国的投降。徽宗准奏,传旨接见辽国使者。辽国丞相褚坚等人朝见徽宗,把金帛岁币献在朝前。徽宗命人收好,打发褚坚等人回国。

再说宋江得知朝廷已经接受了辽国的投降,便把以前夺的檀州、蓟州、霸州、幽州还给辽国,拔营起寨,率军回东京驻扎听候圣旨。

行了多日,宋江等人来到京师。赵枢密把宋江等将在边庭杀敌立功等事奏明徽宗。徽宗龙颜大悦,立即传下圣旨,命皇门侍郎宣宋江等人前来面君。徽宗大加称赞宋江等人,只是命他们以后驻扎在东京城外。宋江等人领旨下朝。

自此以后,宋江等人驻扎在东京城下,不在话下。

快到上元节的时候,江南草寇造反的消息传来。朝廷先派了张招讨、刘都督去征讨。宋江得知了这个消息,与吴用商议道:"我等诸将,闲居在此,甚是不宜。不若奏闻天子,我等情愿起兵前去征进。"吴用道:"此事须得宿太尉保奏方可。"当时会集诸将商议,尽皆欢喜。次日,宋江穿了公服,引十数骑入城,直至宿太尉府前下马。正值宿太尉在府,令人传报。宿太尉知道,忙命请进。宿太尉道:"将军何事光降?"宋江道:"上告恩相,宋某听得河北田虎造反,占据州郡,擅改年号,侵至盖州,早晚来打卫州。宋江等人马久闲,情愿部领兵马,前去征剿,尽忠报国。望恩相保奏则个。"宿太尉听了大喜道:"将军等如此忠义,肯替国家出力,宿某当一力保奏。"宋江谢道:"宋某等屡蒙太尉厚恩,虽铭心镂骨,不能补报。"宿太尉又令置酒相待。至晚,宋江回营,与众头领说知。

话说第二天宿太尉早朝入内，出班奏道："如今这帮草寇十分猖獗，圣上遣张总兵、刘都督，再派前番得胜还朝的宋先锋，让这两支军马同去征讨贼寇，必成大功。"徽宗闻奏后大喜，急令使臣宣省院官听圣旨。省院官领了圣旨，宣取宋江和卢俊义前来朝见徽宗。徽宗封宋江为讨方腊正先锋，卢俊义为平南副先锋，令其日下出师起程，又把金大坚和皇甫端留在驾前听用。宋江和卢俊义领旨谢恩，辞了徽宗，上马回营。

宋江和卢俊义回到营寨，传令下去，除女将琼英因为怀孕染病，暂时留在东京，由叶清夫妇服侍外，其余将佐全都收拾鞍马衣甲，准备起身，前去征讨方腊。

宋江临行前，被迫把圣手书生萧让给了蔡太师，把铁叫子乐和给了王都尉。

却说这江南方腊造反已久，他在帮源洞中建造了殿阁、宫阙，在睦州、歙州也建造了行宫，并且设立了各级官吏。如今已经占了八州二十五县，从睦州起，一直到润州，自号为一国。独霸一方，非同小可。

润州临着扬子大江，地分吴、楚，江心有金山和焦山两座山。金山上有一座寺，绕山建造，称为寺里山；焦山上有一座寺，藏在山凹里，不见形势，称为

山里寺。这两座山生在江中，占着楚尾、吴头，一边是淮东扬州，一边是浙西润州。

这时，方腊手下东厅枢密使吕师囊把守润州城。五万南兵在甘露亭下，摆列下战船三千多只。

先锋使宋江从水路和陆路一同前进，在扬州集结大军。随后，宋江大队人马开始攻打扬州。宋江大军打败了吕师囊吕枢密率领的南兵，把这些南兵几乎赶尽杀绝。唯独吕师囊逃了出去，吕枢密脱身后，径直到了常州。

战后，宋江查看本部将佐，发现折了三个偏将，都是在乱军中中箭身亡的，一个是云里金刚宋万，一个是九尾龟陶宗旺，一个是没面目焦挺。

攻下润州后，宋江决定与卢俊义分为两路征讨方腊。经过商议，宋江征讨常苏二处，卢俊义征讨宣湖二处。除杨志患病不能前去，留在丹徒养病外，其余将校也分两路进发。

这时，宋江攻打常苏二处，一共是四十二个好汉；卢俊义攻打宣湖二州，一共是四十七个好汉，李俊领着那几位水军首领，单独成为一伙。他们从水路出发，前去攻打江阴、太仓。那些剩下的战船，都跟随大军攻打常州。

且说宋江率领人马攻打常苏二州，他先让正将关胜带领秦明、徐宁、黄信、孙立、郝思文、宣赞、韩滔、彭玘、马麟、燕顺等十员将佐率马军三千，直取常州城下，摇旗擂鼓挑战。吕枢密手下的七员大将带领了五千人马，出城前来迎战。

南将金节早有归降大宋之心，在交锋时，稍稍斗了几个回合便拨回马先走，韩滔乘势追去。南军阵上高可立，看见金节被韩滔追赶，急于搭救金节，便搭弓射箭，一箭正射中韩滔的面颊，韩滔跌落下马。南将张近仁挺枪飞奔出来，在韩滔的咽喉上刺了一枪，把韩滔刺死。

彭玘见韩滔被刺死，急要报仇，直奔阵上，寻找高可立。没防备张近仁从一侧奔了出来,刺了彭玘一枪,把他搠下了马。

这日,关胜损失了一些人马,率领大军回见宋江。

且说到了晚上,南将金节把一封约定与宋江里应外合的书缄在箭上射出城去。宋军巡哨把捡到的书缄交给宋江,宋江看后心中暗喜。

次日,宋军各位将领从三面攻城。宋江令轰天雷凌振扎起炮架,向城楼上放了一个风火炮,风火炮正打中城楼角,原来站在楼上的吕枢密急忙下了城,命令四门守将出城搦战。西门金节领命率军出战。病尉迟孙立出马,与金节交锋,两个回合过后,金节故意往城里败退,孙立、燕顺等人率军紧随其后,乘势占领了西门。此时城中已经乱了起来,百姓听说宋军入城,都纷纷出来助战。宋江、吴用又率大队人马杀入城中,四处追杀叛军。在混战中,叛军高可立、张近仁被杀,吕枢密趁乱逃出,奔无锡县去了。

金节前去拜见宋江,宋江亲自下阶迎接金节,并保举金节前往中军。后来金节受到朝廷重用,多次立功杀敌,最后在中山阵亡,这是后话。

且说卢俊义率军攻打宣州,在一次交战中,白面郎君郑天寿被贼兵从城上飞下的磨扇打死,操刀鬼曹正和活闪婆王定六中毒箭毒发身亡。

以后,宋江、吴用又率军攻下无锡县。

当时,方腊手下的三大王方貌亲自率领二三十个副将和五万南兵去无锡县迎战宋军。

吕师囊作为前部,先奔无锡县来。宋江率军马迎着厮杀,在交战中,吕师囊被徐宁搠死。后赶来的方貌见折损了一员大将,急领鸣金收兵,退回到苏州城内。

当天宋江带领大队人马一直靠近寒山寺下寨。

李俊这时来到寒山寺寨中见了宋江。宋江令李俊去察看太湖水面的情况。两天以后,李俊回来,对宋江说:"太湖与这座城的正南方

水浒传

SHUI HU ZHUAN

向靠近，小弟我想乘一只小船，从宜兴小港里划入太湖，出吴江去探听南边消息。然后再进兵攻城，必成大功。"宋江说："贤弟这话极是！只是须有副将与你同去。"于是命李应带领孔明、孔亮等人去协助水军，替换童威、童猛，几天以后，童威、童猛回到寒山寺寨中。

且说李俊领着童威、童猛和两个水手乘着一只小船，向太湖驶来。渐近吴江时，发现远处有四五十只渔船。李俊便说："我们假意去买鱼，去向渔人打听打听消息。"五人把船摇到打鱼船边，李俊向一个渔人问道："渔翁，我们来买鱼，你这里有大鲤鱼吗？"渔人说："我家里有大鲤鱼，你们要买就随我回去。"李俊摇着船，跟着那打鱼人的船来到岸边，李俊、童威、童猛三人上了岸，随那个渔人来到一个庄院，刚走进门，三人就被七八十个大汉拿挠钩搭住，捉到庄里，捆在了大树上。李俊见草厅上坐着四个好汉。那为首的人问李俊的姓名。李俊说："我是混江龙李俊，这两个兄弟，一个是出洞蛟童威，一个是翻江蜃童猛。我们都是梁山泊宋公明手下将领，如今受了朝廷招安，来征讨方腊。"那四个大汉听了，一齐跪下，说："不知兄长到此，刚才多有得罪。我们四个兄弟都会些水势,让打鱼的做眼线,诱来客人讨些银子花花。俺们早已听说过及时雨宋公明的大名,也久闻兄长的大名,还知道有个浪里白条张顺,没想到今天遇到哥哥!"

李俊说:"张顺是我弟兄,也做同班水军头领,现在江阴收捕贼人。有机会我带他前来与你们见面,愿求四位的大名?"

为头那一个说:"小弟们因在绿林丛中走动,都有异名,哥哥勿笑!小弟是赤须龙费保,另外三人:一个是卷毛虎倪云,一个是太湖蛟卜青,一个是瘦脸熊狄成。"

李俊听说了四个姓名,大喜:"从此我们便是一家人!俺哥哥宋公明现在是收捕方腊的正先锋,马上就要取苏州,特派我们三个人前来探路。今天既然遇到你们四位好汉,可随我一同前去见俺先锋,保你们做官,等收捕了方腊,朝廷必将升用。"

费保说:"如果我四个要做官时,方腊手下可有一个统制。我们并不愿为官,只求快活。如果是哥哥要我等四人相助,我们在所不辞;如果说保我们做官,那却不必。"

李俊深受震撼,建议结义为兄弟,四人皆欢喜,把酒庆祝。

李俊叫童威、童猛也都结义了。

七个人在榆柳庄上商议,说宋公明要取苏州一事。李俊说:"方貌不肯出战,城池四面是水,难以对敌,如何攻破?"

费保说:"哥哥放宽心,杭州不时有方腊手下来苏州,我可派人去探听消息,到时候可智取此城池。"

李俊说:"此话极妙!"

过几天,果然有人来报,在平望镇上有十多只船只挂黄旗,上写有"承造王府衣甲",显然是杭州来的。李俊便让费保等人帮助他。当下与众人商议,定了计策。

话说费保随即聚集七十只打鱼小船从小港直入大江。当晚，十只官船便停泊在江东龙王庙前。费保的船与官船交战，费保获胜后捉到两个为头的，是杭州方腊大太子南安王方天定手下的库官，奉旨押送三千副铁甲给苏州三大王方貌。李俊得知后，要了关防文书，便把库官杀了。

李俊说："须是我亲自去和哥哥商议，才可做这件事。"

费保说："我叫人用船渡哥哥去。"

李俊到寒山寺见到宋江说起前事。吴用大喜："这样的话，苏州唾手可得！"

李俊带众人来到太湖边，按军令领李逵、鲍旭、项充、李衮四人与费保相见。费保见李逵相貌十分骇人，设宴相待。第二天，众人商议费保扮解衣甲正库官，倪云扮副使，带了关防文书，却将李逵等二百多人藏在舱里。正要开始行动，却见湖面上有一只船摇来摇去。

近看才知船上是神行太保戴宗和轰天雷凌振。

李俊问："二位来做什么？有什么事？"

戴宗说："哥哥使李逵来了，却忘记了一件大事，特地派我和凌振

带着一百号炮在船里，兄弟明早进城后就放这一百个火炮为号。"

李俊以为办法不错，便依计行使。凌振带来的十个炮手都埋伏在第三只船内。

当天后半夜，众人到达苏州城下，通过关防文书，李俊的船一只只进入城去。等船靠岸后，李逵等四人与众位好汉一齐上岸放起火来，继而用大炮攻打城楼，大炮声接连响起，使苏州城内顿时鼎沸起来。宋江已调三路军杀进了城，南军各自逃生。

大战后，得知武松杀死方貌，宣赞死于砍马桥下，施恩、孔亮不识水性，都被淹死。费保等四人辞别宋江，宋江执意挽留不成。费保四人被李俊送回榆柳庄，费保又把酒设席相待，并劝说李俊与他们一起："为什么我们不愿为官，只是因世情不好。自古说：'太平本是将军定，不许将军见太平。'既然我们结义，何不准备钱财找一个安身立命的地方以终天年，岂不美哉！"

李俊听了，倒地就拜，说："贤弟，只是方腊还没有剿得，宋公明恩义难抛，如果今天就随贤弟去了，全不

见平生相聚的义气。如果众位肯等一等李俊，待我收服方腊之后便前来相投，万望带挈。若违背今日的话，就不是男子汉！"

那四个一齐说："我们准备下船只，只盼哥哥回来，切勿负约！"

李俊、费保饮酒定下盟约。李俊辞别费保回来告诉宋江费保不愿为官，只愿为民。宋江表示惋惜，接下来便整顿水陆军兵起程。

宋军直取平望镇马秀州，不费吹灰之力。

宋江从燕青这里得知已收服湖州，安抚了百姓，待林冲攻取独松关后到杭州聚会。宋江建议燕青与柴进去方腊处做细作，柴进大喜，对燕青说："我扮做白衣秀才，你扮做仆人，我们一主一仆背上琴剑书籍上路，肯定没人怀疑。我们坐船到越州，抄小路去渚暨县，再穿过山路就离睦州不远了。"于是两人辞别宋江，寻船而去。

这里，军师吴用对宋江说："杭州南边有钱塘大江和通达海岛。如果有几个人驾着小船从海边进那赭山门，到南门外江边，放起号炮，城中必慌。你们水军头领，谁去？"

话音未落，张横、三阮都说："我们去。"

宋江说："杭州西路也需要水军，你们不可以都去。"

吴用便派张横和阮小七带侯健、段景住前去钱塘江。

宋江欲攻杭州，忽然圣旨降下让神医安道全回京为圣上治病，宋江不敢不允。

一天，徐宁、郝思文带兵哨到杭州北关门外受围，徐宁中药箭而死，郝思文被方腊军剐了。

宋江折了二将，按兵不动，守住大路。

李俊等众人领兵到北新桥驻扎，分派军队去古塘深处探路，李俊与张顺商议："我们这条路最要紧的是去独松关，湖州、德清二处冲要路口，我们如果挡住这些贼兵经常出没的咽喉道路，很容易被他们夹攻，不如杀到西山深处才好屯扎，西湖水面也可做我们的战场；西山后面通西溪，可做退步。"通过了军令后，大军便去西山深处屯驻。在山北面西溪山口也扎下一个寨。前军却来唐家瓦出哨。

当天张顺对李俊说："南兵已回杭州城，我们在这屯兵半个月也不见对方出战，究竟何时才能攻下？小弟认为应从湖底过去，过水门偷偷入城，以放火为号，然后一齐攻城。"

李俊说："这样虽好，但怕兄弟难以独立完成。"

张顺说："就算是把这条命报答哥哥许多年的好情分也值了。"

李俊说："兄弟先别去，等我先报告哥哥，以便整点人马策应。"

张顺表示要在这里一面行事，一面使人去报。待到去了城里，宋江也正好得知了。当晚，张顺身边藏了一把蓼叶尖刀，饱食了一顿酒食，来到

水浒传

SHUI HU ZHUAN

西湖岸边,这西湖,景致无比,说之不尽。张顺来到西陵桥上,看了半晌。时当春暖,西湖水色拖蓝,四面山光叠翠。张顺看了道:"我身生在浔阳江上,大风巨浪,经了万千,何曾见这一湖好水,便死在这里,也做个快活鬼!"说罢,脱下布衫,放在桥下,头发挽起,下面着腰生绢水裙,挂一口尖刀,赤着脚,钻下湖里去,却从水底下摸将过湖来。

此时已是初更天气,月色微明,张顺摸近涌金门边,探起头来,在水面上听时,城上更鼓,却打一更四点。城外静悄悄的,没一个人;城上女墙边,有四五个人在那里探望。张顺伏在水里又等了一会儿,再探起头来看时,女墙边却不见一个人。张顺摸到水口边看时,一带都是铁窗隔着;摸里面时,都是水帘护定,帘子上有绳索,索上缚着一串铜铃。张顺见铁窗牢固,不能够入城,便伸手进去,扯那水帘时,牵得索子上铃响,城上人早发起喊来。张顺从水底下,再钻入湖里伏了。听得城上人马下来,看那水帘时,又不见有人,都在城上说道:"铃子响得跷蹊,莫不是个大鱼顺水游来,撞动了水帘。"众军汉看了一会儿,并不见一物,又各自去睡了。张顺再听时,城楼上已打三更,打了好一回更点,想必军人各自去东倒西歪睡熟了。张顺爬上岸来看时,那城上不见一个人在上面,便欲要爬上城去,且又寻思道:"倘或城上有人,却不干折了性命,我且试探试探。"于是摸些土块,掷撒上城去。有不曾睡的军士,听见声音起来看水门时,又没动静。再上城来敌楼上看湖面上时,又没一只船只。原来西湖上船只,已奉方天定令旨,都收入清波门外和净慈港内,别门俱不许泊船。众人道:"却是作怪?"口里说道:"定是个鬼!我们各自睡去,休要睬他!"口里虽说,却不去睡,尽伏在女墙边。张顺又听了一会儿,不见动静,便爬到半城,只听得上面一声梆子响,众军一齐起。张顺从半城上跳下水池里去,待要趁水没时,城上踏弩硬弓、苦竹箭、鹅卵石,一齐都射打下来。可怜张顺英雄,就涌金门外水池中身死。

宋江得知张顺遇害，大哭昏倒，便决定亲自去西湖边为他吊孝。原来张顺为人极好，深得弟兄情分。吴用劝谏："兄长不可亲临险地，如果贼兵知道，必然前来攻击。"宋江说："我自有计较。"随即率众头领及五百步军前去追悼张顺。第二天晚，宋江在西湖边扬起白幡，上写"亡弟正将张顺之魂"。等到天黑，宋江设计埋伏，将南兵大半杀死。宋江便回到寨中。

宋江唯不知独松关与德清的消息，便派戴宗前去打探，得知卢俊义已过独松关，不久就能与宋江会合。

戴宗又回报说："卢俊义自从取独松关，那关两边都是高山，只有中间一条路。守关的三员贼将，为首的叫做吴升，第二个是蒋印，第三个是卫亨。开始时连日下关，蒋印被林冲蛇矛戳伤。吴升不敢再下关，只在关上守护。厉天闰又带着四将到关上救应，这四将为：厉天佑、张俭、张韬、姚义。第二天下关，厉天佑被吕方一戟刺死，贼兵上关去了，并不下来。连日在关下等待，卢先锋派欧鹏、邓飞、李忠、周通四个人上山探路，没防备厉天闰要替兄弟复仇，率领贼兵冲下关来，一刀斩了周通。李忠带伤逃走了。又过了一天，双枪将董平前去报仇，在关下勒马大骂，被关上打下来的炮火打中手臂，董平回到寨里，用夹板绑了手臂。第二天，董平和张清自行来关上报仇。厉天闰和张韬前来迎战。十几个回合过后，张清被厉天闰一枪刺死，董平被张韬剁成两段。卢俊义得知后，救应不及，南兵已经上关去了。后来孙新、顾大嫂夫妻二人，扮成逃难百姓到深山里，找到一条小路，半夜里领着时迁、白胜、汤隆、李立，从小路到了关上，放起了一把火。贼将见关上火起，得

知有宋兵过了关,一齐弃了关隘逃走。卢俊义上关点兵将时,孙新、顾大嫂活捉了守关将吴升,李立、汤隆活捉了守关将蒋印,时迁、白胜活捉了守关将卫亨,将他们都解押到张招讨军前去了。卢俊义收回董平、张清、周通三人尸骸,在关上葬了。卢俊义追过关四十五里,赶上贼兵,与厉天闰交战,杀死厉天闰,其余败残兵将逃走。

戴宗禀报以后,两路军马都到了杭州。宋江看呼延灼部内不见雷横、龚旺两人。呼延灼告诉他说:"雷横在德清县南门外和司行方交锋,斗到三十个回合,被司行方砍下马。龚旺和黄爱交战,赶过溪来,连人带马陷在溪里,被南军乱枪戳死。"宋江听了,十分痛心,随后调兵遣将,准备攻取四面城门。

宋江带领大队人马,来到北关门城下勒战。南军元帅石宝首先出马。宋军阵上,急先锋索超挥起大斧来斗石宝。战不到十个回合,索超的脸被石宝的飞锤打中,落下马去。城中宝光国师,领着数员猛将冲杀出来,宋兵大败,往北败走。此时,秦明、花荣从刺斜里杀了出来,击退南军,把宋江救回大寨。

卢俊义领着兵将攻打候潮门,军马来到城下,见城门大开,刘唐首先奔入城去。城上看见刘唐飞马奔来,一斧砍断绳索,坠下闸板,将刘唐连人带马压死。林冲、呼延灼见刘唐被压死,出师不利,各门又都进不去,只得先退下,派人给宋江报信。

军师吴用说:"这不是好办法,一计不成,反而折了一个兄弟。先令各门退军,另作打算。"

宋江焦躁起来,急欲报仇雪恨。黑旋风李逵便说:"哥哥放心,明天我和鲍旭、李衮、项充四人想办法拿下石宝那家伙!"

第二天吃过早饭,李逵等四人各带了兵器出寨,宋江带着关胜、吕方、郭盛、欧鹏四员

大将来到北关门下搦战助威。李逵等四人准备妥当,等待厮杀。只见石宝和两员首将从城里出来。三员将领刚刚出城,李逵等四人就冲到石宝马头前,李逵一斧砍断了石宝的马脚,石宝急忙从马上跳了下来,躲进本阵马军中。此时鲍旭已将一员首将砍落马下,又去城门里追石宝,不想被石宝一刀砍做两段。此时宋江也领马军冲到城边,见城上打下很多擂木、炮石,怕有闪失,急令退军。

众人在苦于无法攻城的时候,忽然得到解珍、解宝打听回来的消息:南门外二十里地有个范村,在江边停着富阳县袁评事的粮船。吴用立刻安排,命解珍、解宝、王英、扈三娘等人前去夺了粮船,乔装成打渔人,混进城中,与宋江等人里应外合,一起攻城。安排已定,解珍、解宝等人都去了。很快夺下了袁评事的粮船,王英、孙新、张青扮做艄公,扈三娘、顾大嫂、孙二娘扮做艄婆,小校们都扮做水手,其余人都藏在船舱里。上了岸,众人由袁评事领着,叫开了城门,一起进了城。

此时,宋兵已在城外二三里处围住城郭,准备策应。当天晚上,凌振放起了九箱子母等炮。众将各点着火把。城中不知多少宋军进了城,很快就乱了起来。方天定在宫中听报大惊,急急披挂上马,守把各门的军士已经都走去了。宋兵大振,一举夺下了城。

且说城西山内李俊等人,领军杀到净慈港,夺了船只,从湖里来到涌金门上岸。众将各自去几个水门拼杀，李云、石秀首先登城，在城中赶杀残兵败将，只留下南门不围，亡命败军都从南门逃生。

却说方天定骑上马，领着几个步军从南门逃走。走到五云山下，只见一个嘴里衔着刀的人从江里跳上了岸，向他奔来，方天定正要催马逃跑，那人已来到马前，把方天定扯下马，一刀割了他的头，又骑上方天定的马，一手提着头，一手拿着刀，往杭州城奔去。在六和塔迎面遇见林冲、呼延灼等人。二将认得他是张横，只见他大叫一声："我是张顺，今天终于得以报仇了！"喊完就昏了过去。众人把他叫醒问明情由，才知道这是张顺魂灵借张横的身躯杀了方天定。

众将都到城中见了宋江，讲明此事，宋江听了感慨不已。这时候，又有阮小七来报告，说在向钱塘江进发时，风打破了船，侯健、段景住掉进海中淹死，后来他又与张横失散。宋江又把张横的事对阮小七说了一遍，让他和自己的两个哥哥见了，仍然管领水军船只。随后又调水军头领，去收拾江船，准备征进睦州。

水浒传

第三十七回

宋公明计取乌龙岭 卢俊义大战昱岭关

话说又过了几十天。张招讨派人送来文书,催促宋江急速进兵。宋江决定分兵征剿,经过拈阄,宋江沿江去睦洲,卢俊义从昱岭关小路去歙州。

临行前,宋江与卢俊义约好一起攻打清溪洞方腊贼巢。

随后,卢俊义率领二十九员将校,三万军兵,辞别了刘都督和宋江,领兵朝杭州进发。宋江也整顿船只和军马,择期出师。留下张横、穆弘、孔明、朱贵、杨林、白胜、穆春、泉富等八人在杭州,率其余三十七员将校和大队军兵沿江向富阳县进发,前去攻打睦州。

且不说两路军马起程,再说柴进和燕青两人,自秀州樵李亭告别了宋江,来到睦州界上。二人被守关将校拦住,柴进说:"我叫做柯引,是中原一个秀士,能知天文地理,能辨三光气色,如今望见天子气而来,为何拦住我们的去路?"守将听了,留住柴进,派人去睦州报知右丞相祖士远、参政沈寿等人。右丞相派人接柴进和燕青前来相见,见后大喜,又打发金书桓逸领柴进去清溪大内朝见方腊。

方腊见柴进谈吐不俗,举止高贵,便十分欢喜,立即赐下御宴,加封他为中书侍郎。从此柴进每天陪伴在方腊身边,逐渐成为方腊宠信的人之一。半个月以后,方腊赐婚,招赘柴进为金芝公主的驸马,封官主爵都尉。燕青被封为奉尉,又因他改名为云壁,被人称做云奉尉。

宋江率领大队人马军兵,离了杭州,往富阳县进发。路上无话,这一日,

水浒传

SHUI HU ZHUAN

来到乌龙岭下。宋江派阮小二、孟康、童猛、童威四个人先用一半战船上滩。阮小二得令后，带了两个副将，领着一千水军，乘着一百只船，往乌龙岭行来，原来过了乌龙岭就是睦州。乌龙岭下有方腊的水寨。那寨里也屯扎着五千多名水军和五百多只战船。

阮小二和孟康、童威、童猛等人，乘着船只往滩边行来。不想南军水寨早已得知，并准备好了火排和引火之物。阮小二等人刚要上滩，就见很多被点着的火排向他们冲来，背后大船上传来喊声，只见很多人拿着长枪、挠钩，顺着火排下来。眼见大势已去，童威、童猛便弃船上山，寻找小路回寨。阮小二却被挠钩搭住，便扯出腰刀自杀。孟康被炮击死。李俊、阮小五、阮小七等人掉转船头，向桐庐岸逃去。

宋江在桐庐岸扎寨，听说又折了阮小二和孟康，十分痛心。

次日，宋江整顿军马，要再次发兵。解珍和解宝请命去山上放火，以诱贼兵，宋江应允了。解珍和解宝扮做猎户，由小路一步步爬上岭来。不想被山岭上的人发现，扔下许多石块，射下很多箭，结果解珍坠下摔死，解宝被乱箭射死。

这时候，宋江率兵到了东管，前取乌龙岭关隘，恰好撞着邓元觉。军马渐近，两军相迎，邓元觉出马挑战。花荣看见，向宋江说了抗敌之策。宋江点头称是，就嘱咐了秦明。于是秦明首先来迎邓元觉。两个人斗到五六个回合，秦明拨马就走，众军随即四散奔逃。邓元觉见秦明输了，便撇下秦明，奔过来要捉宋江。不想被花荣一箭射中面颊，坠下马来，被众军杀死。然后，众军一齐向前杀去，南兵因抵挡不住，都逃往睦州去了。宋兵一直杀到乌龙岭上，被擂木、炮石挡住，不能够上去。宋兵于是杀回来，先去攻打睦州。

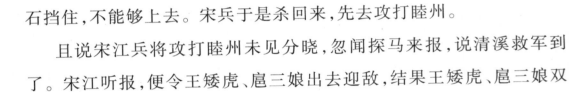

且说宋江兵将攻打睦州未见分晓，忽闻探马来报，说清溪救军到了。宋江听报，便令王矮虎、扈三娘出去迎敌，结果王矮虎、扈三娘双双被郑魔君杀死。

在以后的一场混战中，郑魔君又砍下了武松的一只胳膊，使武松成了废人；而当时出战的鲁智深，又不知去向。

又经过一番激烈的交战，宋军终于获胜，郑魔君被杀死，宋江率军攻入城中，先把方腊的行宫一把火烧掉，把所有金帛赏给三军众将，又出榜文安抚了百姓。就在这时，探马飞报："西门乌龙岭上，马麟被白钦一标枪刺中，石宝赶上，又向前一刀，把马麟剁做两段。燕顺前来助战，又被石宝用流星锤打死。如今石宝正气势汹汹地率军杀来。"宋江听说又折了马麟、燕顺，失声痛哭。随后，宋江急派关胜、花荣、朱仝、秦明四员正将前去迎战石宝等人，并令关胜等人顺势夺取乌龙岭关隘。

关胜等四员大将领命出发，催马来到乌龙岭上，正与石宝军马相遇，石宝指挥白钦来战关胜，两个人交战不到十个回合，乌龙岭上又鸣锣收兵。原来童贯率领军兵从岭西杀了上来。宋将王禀与南兵指挥景德相遇，二人交起手来，十个回合过后，王禀将景德斩于马下。

宋军两面夹攻，把贼兵杀得四散奔逃，在混战中，宋将吕方和敌将白钦都跌死在岭下。

宋江手下众将杀散了南兵，趁机夺了乌龙岭关隘，关胜急忙令人报知宋江。

且不说宋江在睦州屯驻，却说副先锋卢俊义自从别了宋江后，统领三万人马，正偏将佐二十八员，沿着山路往杭州进发，经过临安镇钱王故都，逼近昱岭关前。守关把隘的是擅长射箭的庞万春，绰号小养由基，是方腊手下的一员大将。那卢俊义军马逼近昱岭关前，史进、石秀、陈达、杨春、李忠、薛永六员将校，带领三千步军前去出哨。当时众将和兵士来到关下，不见一个军马。史进心生疑忌，催马来到关前，正在观望，不想被站在关上的庞万春一箭射中，当时跌落在马下。五将一齐向前，救了史进上马便回。不想左右两边松林里和对面两边山坡上射下乱箭来，这六员大将都被射死在关下。

卢俊义得知后又叫时迁前往昱岭关再去探路，不多时，时迁探得路径后前来报知卢俊义。接着，卢俊义又令时迁前往后山去关上放火，以策应卢俊义等人的正面进攻。

时迁得令，一步步摸到关上，爬上一棵枝叶稠密的大树。看那庞万春、雷炯、计稷持着弓箭在关前埋伏着，又见正面关前，宋兵一路用火烧上山来。中间林冲、呼延灼立马在关下骂阵，庞万春等人却待要放箭，时迁便悄悄地溜下树来，到关后点着了柴堆，又放起了火炮。那两边柴草堆里，一齐火起，火炮震天响。关上众将，不杀自乱，发起喊来。庞万春急来关后救火，时迁就在屋脊上又放起火炮

来。那火炮震天动地,吓得南兵往关外逃走。林冲、呼延灼首先上山,其余众将紧随其后,杀上关来,一齐赶过关去三十多里,追着南兵。卢俊义就这样占据了昱岭关。小养由基庞万春带着残兵败将回到歙州。

卢俊义攻取昱岭关后,率领军兵一直赶到歙州城下,当天就和诸将上前攻打歙州。

宋军人马来到歙州城下,只见城门大开,庞万春率军出来交战。两军各列成阵势,庞万春到阵前勒战。宋军队里欧鹏出马,用铁枪和庞万春交战。两个斗了不过五个回合,庞万春败走,欧鹏要显头功,纵马赶去,却被庞万春的连珠箭射落于马下。城上王尚书见射中了欧鹏,便率领城中军马,一齐赶杀出来。宋军大败,退回三十里安营下寨。整点兵将时,乱军中又折了菜园子张青。孙二娘令军兵找回张青尸首大哭了一场。

次日,庞万春率兵前去劫寨。不料宋军早有准备。庞万春所率南兵被宋军团团包围。庞万春拼死突围出来。正走着,被伏在路边的汤隆钩倒马脚,庞万春被活捉。众将在山路里赶杀南兵,然后都来到寨里。卢俊义先到中军坐下,点本部将佐时,得知丁得孙在山路上被毒蛇咬死。于是,卢俊义下令,把庞万春剖腹剜心,祭献欧鹏、史进等人。

随后,卢俊义和众将再进兵来到歙州城下,见城门大开,城上并无旌旗,城楼上也无人把守。单廷珪、魏定国两个人要夺头功,率军杀进城去。原来南军得知卢俊义率大军前来,因此诈做弃城而走,在城门里掘下陷坑。二将刚杀进城中,就连人带马陷在坑里,然后被两边埋伏的长枪手和弓箭手戳死。

　　却说王尚书正走之间,撞着李云截住厮杀。王尚书便挺枪向前,枪起马到,早把李云踏倒。石勇见冲翻了李云,急来救他时,被王尚书一枪结果了性命。城里却早赶出孙立、黄信、邹渊、邹润,截住王尚书厮杀。那王尚书力敌四将,并无惧怯。不想林冲赶到,众人趁乱戳杀了王尚书。当下五将取了首级,飞马献与卢俊义。卢俊义已在歙州城内行宫歇下,出榜安民,将军马屯驻在城里,一面差人赍文向张招讨、宋先锋报捷。

　　却说宋江等兵将在睦州屯驻,等候军齐,同攻贼洞。他收得卢俊义书,报平复了歙州,要合兵同取贼巢。又见折了史进、石秀等一十三人,许多将佐皆烦恼不已,痛哭哀伤。军师吴用劝了宋江,便回书与卢俊义,约定日期,起兵攻取清溪县。

　　却说方腊听见西州败残军马回来,报说:"歙州已陷,皇叔、尚书、侍郎俱已阵亡了。今宋兵作两路而来,攻取清溪。"方腊见报大惊,当下聚集两班大臣商议。当有左丞相娄敏中出班奏请御驾亲征。方腊道:"卿言极当。"随即传下圣旨,命大小官僚都跟随,准备御驾亲征。方腊又命皇侄方杰为正先锋,杜微为副先锋,部领帮源洞大内护驾御林军一万五千,战将三十余员前进,另拨与贺从龙御林军一万,去敌卢俊义军马。

　　且说宋江大队军马水陆并进,望清溪县而来。吴用

与宋江并马商议道："此行去取清溪帮源，诚恐贼首方腊知觉逃窜。若要生擒方腊，必须里应外合。可叫水军头领李俊等将船内粮米去诈献投降。方腊那厮是山僻小人，见了许多粮米船只，如何不收留他们？"宋江道："军师高见极明。"便唤戴宗随即传令，李俊等领了计策。戴宗自回中军。

李俊却叫阮小五、阮小七扮做艄公，童威、童猛扮做随行水手，乘六十只粮船向清溪县驶去。将近清溪县，只见上水头早有南国战船迎将来，敌军一齐放箭。李俊在船上叫道："休要放箭，我们都是投拜的人，特将粮米献纳大国。"对方船上头目见李俊等船上并无军器，因此就不放箭。使人过船来，问了备细，看了船内粮米，便去报知娄丞相。娄敏中听后便叫投降之人上岸来。

李俊登岸见到娄丞相，拜罢，娄敏中问道："你今番为甚来献粮投拜？"李俊答道："小人李俊，曾在江州劫法场救了宋江性命。他如今受了朝廷招安，做了先锋，便忘了我等前恩，累次窘辱小人。因受辱不过，特将他粮米船只，径自私来献纳，投拜大国。"娄丞相便准信，引李俊来大内朝见方腊，具说献粮投拜一事。李俊见方腊，再拜起居，奏说前事。方腊坦然不疑，各封官职，且教只在清溪管领水寨守船。李俊拜谢了，自去搬运粮米上岸，不在话下。

再说宋江与吴用引军直进清溪县界，正迎着南国皇侄方杰。两下军兵各列阵势。宋江阵上，秦明直取方杰。两将正斗到难分难解之际，却不提防杜微那厮从马后掣起飞刀，往秦明脸上将来。秦明急躲飞刀时，却被方杰一方天戟耸下马去。守兵小将急把挠钩搭得尸首过来。宋军见折了秦明，尽皆失色。宋江一面叫备棺椁盛贮，一面再调军将出战。

且说这方杰高声叫阵。宋江急出到阵前。那方腊也骑马出到阵前，看见宋江亲在马上，便遣方杰去拿宋江。南军方杰正要出阵，只听得飞马报道："御林都教师贺从龙总督军马去救歙州，被宋兵卢先锋活捉过阵去了。军马俱已逃散，宋兵已杀到山后。"方腊听了大惊，急教收军，只见大内城中火光遍满，兵马交加。却是李俊等五人在清溪城里放起火来。方腊急驱御林军马入城混战。宋江急令众将招起军马，分头杀将入去。此时卢俊义军马也恰好凑着，一起杀将入去，打破了清溪城郭。方腊却得方杰引军保护，送投帮源洞中去了。

宋江等大队军马，都入清溪县来。众将杀入方腊宫中，把方腊内外宫殿尽皆烧毁，将府库钱粮搜索一空。宋江会合卢俊义军马，屯驻在清溪县内。整点两处将佐时，郁保四、孙二娘都被杜微飞刀杀死。邹渊、杜迁在马军中被踏杀。李立、汤隆、蔡福各带重伤，医治不痊身死。阮小五先在清溪县已被娄丞相杀了。众将擒捉得南国伪官九十二员，只不见娄丞相、杜微下落。后有百姓报说："娄丞相自缢松林而死。"杜微被他养的娼妓王娇娇家社老献将出来。宋江赏了社老，却令人先取了娄丞相首级，叫蔡庆将杜微剖腹剜心，滴血享祭清溪亡过众将。宋江亲自拈香祭奠了。次日，同卢俊义起军直抵帮源洞口。

且说方腊只得方杰保驾，走到帮源洞口大内，坚守不出。宋江、卢俊义把军马围住了帮源洞，却无计可入。如此数日。方腊正忧闷间，忽见殿下东床驸马主爵都尉柯引俯伏在地，金阶殿下启奏愿带兵出征。方腊大喜，便传敕令教此将引军出洞，去与宋江相持。

柯驸马当下同领南兵，带了云奉尉，披挂上马出师。方腊将自己的金甲锦袍赐与柯驸马,又选一骑好马,叫他出战。那柯驸马与同皇侄方杰引领洞中护御军兵一万人马,驾前上将二十余员,出到帮源洞口,列成阵势。

却说宋江军马困住洞口,已教将佐分调守护。宋江在阵中,因见折了手下多位弟兄,方腊又未曾拿得,南兵又不出战,眉头不展,面带忧容。只听得前军报来说:"洞中有军马出来交战。"宋江、卢俊义见报,急令诸将上马,引军出战,摆开阵势,看南军阵里,当先是柯驸马出战。宋江军中,谁不认得是柴进?宋江便令花荣出马迎敌。花荣得令,便横枪跃马,出到阵前,高声喝问:"你那厮是甚人,敢助反贼,与吾天兵敌对?我若拿住你时,碎尸万段,骨肉为泥!好好下马受降,免汝一命!"柯驸马答道:"我乃山东柯引,谁不闻我大名?量你这厮们,是梁山泊一伙强徒草寇,何足道哉!偏俺不如你们手段?我直把你们杀尽,克复城池,是吾之愿!"宋江与卢俊义在马上听了,寻思柴进口里说的话,知他心里的事。他把"柴"字改作"柯"字,"柴"即是"柯"也。"进"字改作"引"字,"引"即是"进"也。吴用道:"且看花荣与他迎敌。"当下花荣挺枪跃马,来战柯引。两马相交,二人军器并举。两将斗到酣深里,绞成一团,扭成一块。

柴进低声道:"兄长可诈败,来日议事。"花荣听了,略战三个回合,拨回马便走。柯引不赶,喝道:"叫个了得的和俺交战。"花荣跑马回阵,对宋江、卢俊义详细说明情况。吴用便叫关胜出战,关胜也诈败回阵。宋江再叫朱仝出战,两个斗不过五七个回合,朱仝诈败,弃马跑回本阵。南军先抢得这匹好马。柯驸马招动南军,掩杀过来。宋江急令诸将,引军退去十里下寨。柯驸马引军追赶了一程,收兵退回洞中。

已自有人先去报知方腊,方腊大喜,叫排下御宴,等待驸马卸了戎装披挂,请入后宫赐坐,亲捧金杯,满劝柯驸马。柯引奏道:"主上放心,为臣子当尽心报效。明日谨请圣上登山看柯引立斩宋江等辈。"方腊见奏大喜。当夜宴至更深,各还宫中去了。次日早,方腊令三军各自

水浒传

SHUI HU ZHUAN

披挂上马，出到帮源洞口，摇旗发喊，擂鼓搦战。方腊却引近侍内臣在山顶观望。

且说宋江当日传令，吩咐诸将："你等众军士只看南军阵上柴进回马引领，便杀入洞中，并力追捉方腊，不可违误。"三军诸将得令，尽要活捉方腊。当时宋江诸将，都到洞前，列成阵势。只见南兵阵上，柯驸马立在门旗之下，正待要出战。只见皇侄方杰争先纵马搦战。宋江阵上，先遣关胜，后派花荣出马来与方杰对敌。方杰不惧，力敌二将。宋江队里，再差李应、朱仝骤马出阵，并力追杀。方杰见四将来夹攻，方才拨马回本阵。柯驸马却在门旗下截住，挺起手中铁枪，一枪戳着方杰。背后云奉尉燕青赶上一刀，杀了方杰。南军众将惊得呆了，各自逃生。柯驸马大叫："我非柯引，吾乃宋先锋部下正将柴进。随行云奉尉即是燕青。三军投降者，俱免血刃有生，抗拒者，斩首全家。"回身招起大军，杀入洞中。方腊在帮源山顶上看见方杰被杀，三军溃乱，便往深山中奔走。宋江领起大队军马，分开五路，杀入洞来，只拿得侍从人员，那金芝公主自缢身死。燕青、柴进就内宫禁苑放起火来。众军将都入正宫，杀尽嫔妃彩女、亲军侍御、皇亲国戚，然后掳掠了内宫金帛。

却说阮小七杀入内苑深宫里面，搜出一箱方腊伪造的平天冠、衮龙袍、碧玉带、白玉圭、无忧履。阮小七便穿了，骑着马东走西走，看那

众将多军抢掳。早有枢密使童贯带来的大将王禀、赵谭入洞助战，见是阮小七穿了御衣服，戴着平天冠，在那里嬉笑，便骂道："你这厮莫非要学方腊！"阮小七大怒，指着王禀、赵谭道："若不是俺哥哥宋公明，你这两个驴马头，早被方腊砍下了。"当下两边便要火并。呼延灼看见，急飞马来隔开。已自有军校报知宋江，飞马到来。宋江、吴用将阮小七喝下马来，剥下违禁衣服，丢去一边。宋江陪话解劝，王禀、赵谭二人虽被宋江并众将

劝和了但还是记恨于心。当日帮源洞中,杀的尸横遍野,血流成渠。当下宋江传令,命军士四下举火,烧毁宫殿。

却说方腊换了百姓衣物,从帮源洞山顶择路而走,见一个草庵,却待正要入内寻讨些饭吃。只见松树背后,转出鲁智深来,将他一禅杖打翻,取条绳索绑了。却好迎着搜山的军健,一同擒了方腊,来见宋江。宋江大喜,便问道:"吾师,你却如何正等得这贼首着?"鲁智深道:"洒家追赶夏侯成,入深山里去杀了,迷踪失径。忽遇一个老僧,引领洒家到此茅庵中,嘱咐我但见个长大汉来,便捉住。今早正见这贼爬过山来,就捉来绑了。不想正是方腊。"宋江又问道:"那老僧今在何处?"鲁智深道:"不知投何处去了。"宋江道:"今吾师成此大功,回京可以还俗为官,光耀祖宗。"鲁智深答道:"洒家心已成灰,只图寻个净处安身。"宋江听罢,各不喜欢。教将方腊陷车盛了,解上东京。催起三军,都回睦州。

却说张招讨会集都督刘光世，童枢密，从、耿二参谋，都在睦州聚齐，合兵一处，屯驻军马。见说宋江获了大功，众官都来庆贺。宋江拜谢了，自去号令军马。张招讨已传下军令，教把生擒到的贼徒伪官等众斩首，留方腊另行解赴东京。就行出榜，去各处招抚，以安百姓。其余随从贼徒，复为乡民，拨还产业田园。克复州县已了，各调守御官军，护境安民。

再说张招讨众官都在睦州设太平宴，庆贺众将官僚，犒赏三军，又传令让先锋头目收拾朝京。军令传下，各自准备行装，陆续登程。

且说张横、穆弘等六人患病在杭州，朱富、穆春看视，共是八人在那里。后亦各患病身死，只留得杨林、穆春到来，随军征进。宋江想起诸将劳苦，今日太平，当以超度，便就睦州宫观净处扬起长幡，修设好事，做三百六十分罗天大醮，追荐前亡后化列位偏正将佐已了。次日，宋江让人杀牛宰马置备牲醴，与众将俱到乌龙神庙里，焚帛享祭乌龙大王。回至寨中，安葬了正偏将佐阵亡之人尸骸。宋江与卢俊义收拾军马班师回京，屯兵在六和塔。

且说鲁智深自与武松在寺中一处歇马听候。是夜，二人正在僧房里睡，至半夜，忽听得江上潮声雷响。鲁智深是关中人，未闻过潮信，便只道是战鼓响，跳将起来，摸了禅杖，大喝着便抢出来。众僧问明情由后道："师父错听了，不是战鼓响，乃是钱塘江潮信响。"众人又解释一番后，鲁智深拍掌笑道："俺师父智真长老，曾嘱咐与洒家四句偈言，道是：'逢夏而擒'，俺活捉了个夏侯成；'遇腊而执'，俺生擒方腊。今日正应了：'听潮而圆，见信而寂'。俺想既逢潮信，合当圆寂。烦与俺烧桶汤来，洒家沐浴。"寺内众僧只得唤道人烧汤来与鲁智深洗浴，换了一身御赐的僧衣，便叫部下军校去报宋公明。又讨纸笔写下一篇颂子。去法堂上，捉把禅椅，当中坐了。等到宋公明引众头领来看时，鲁智深已自不动了。

　　宋江与卢俊义看了偈语，嗟叹不已。众多头领都来看视鲁智深，焚香礼拜。城内众官，亦来拈香礼拜。宋江教把鲁智深衣钵并朝廷赏赐，出来遣散众僧，做了三昼夜功果，合个朱红龛子盛了，直去请径山住持大惠禅师烧化了鲁智深。

　　当下宋江看视武松。武松对宋江说道："小弟今已残疾，不愿赴京朝觐，愿做个清闲道人。"宋江见说："任从你心。"武松自此只在六和寺中出家，后至八十善终，这是后话。

　　半月之间，朝廷天使到来，奉圣旨：令先锋宋江等班师回京。张招讨，枢密使童贯，都督刘光世，从、耿二参谋，大将王禀、赵谭，中军人马，陆续先回京师去了。宋江等随即收拾军马回京。比及起程，不想林冲染患风病瘫了，杨雄发背疮而死，时迁又感搅肠沙而死。宋江见了，

感伤不已。丹徒县又申将文书来,报说杨志已死,葬于本县山园。林冲风瘫,不能痊愈,就留在六和寺中,教武松看视,后半载而亡。

再说宋江与诸将离了杭州,往京师进发。只见浪子燕青私自来劝主人卢俊义纳还原受官诰,寻个僻静去处,以终天年。卢俊义不听,燕青便纳头拜了八拜。当夜收拾了一担金珠宝贝挑着,径不知投何处去了。次日早晨,军人收得一张字纸,来报告宋江。宋江看那一张字纸时,原来是燕青作书拜辞,心中闷闷不乐。

且说宋兵人马,迤逦前进。比及行至苏州城外,只见混江龙李俊诈中风疾,倒在床上。宋江亲自领医人来看治李俊。李俊道:"若哥哥怜悯李俊,可留下童威、童猛看视兄弟,待病体痊愈,随后赶来朝觐。"宋江见说,心虽不然,倒不疑虑,只得引军前进。

且说李俊三人竟来寻见费保四个,尽将家私打造船只,自投化外国去了。后来为暹罗国之主。童威、费保等都做了化外之官,自取其乐,另霸海滨。这是李俊的后话。

再说宋江等诸将一行军马,在路无话。三军人马,九月二十后回到东京。张招讨中军人马先进城去。宋江等军马,只在陈桥驿听候圣旨。宋江叫裴宣写录朝京大小正偏将佐数目,共计二十七员。正将一十二员:宋江、卢俊义、吴用、关胜、呼延灼、花荣、柴进、李应、朱仝、戴宗、李逵、阮小七。偏将一十五员:朱武、黄信、孙立、樊瑞、凌振、裴宣、蒋敬、杜兴、宋清、邹润、蔡庆、杨林、穆春、孙新、顾大嫂。是日,宋江将大小诸将见在者,殁于王事者,录其名数,写成谢恩表章。三日之后,徽宗设朝,近臣奏闻。徽宗让宣宋江等文扮,却是幞头公服,入宫朝觐。宋江、卢俊义引领众将,都上金阶,齐跪在珠帘之下。徽宗命赐众将平身。宋江垂泪不起,便进上表文一通。

徽宗览表,嗟叹不已,乃曰:"卿等一百八人,上应星曜。今只有二十七人见存,又辞去了四个,真乃十去其八矣!"于是降下圣旨,将这已殁于王事者,正将偏将,各授名爵。正将封为忠武郎,偏将封为义节郎。如有子孙者,就令赴京,照名承袭官爵;如无子孙者,敕赐立庙,所在享祭。唯有张顺敕封金华将军。鲁智深加封义烈昭暨禅师。武松封赠清忠祖师,赐钱十万贯,以终天年。已故女将二人,扈三娘加封花阳郡夫人,孙二娘加封旌德郡君。见在朝觐,除先锋使另封外,正将十员,各授武节将军,诸州统制;偏将十五员,各授武奕郎,诸路都统领。女将一员顾大嫂,封授东源县君。先锋使宋江,加授武德大夫、楚州安抚使、兼兵马都总管。副先锋卢俊义,加授武功大夫、庐州安抚使、兼兵马副总管。军师吴用,授武胜军承宣使。关胜授大名府正兵马总管。呼延灼授御营兵马指挥使。花荣授应天府兵马都统制。柴进授横海军沧州都统制。李应授中山府郓州都统制。朱仝授保定府都统制。戴宗授兖州府都统制。李逵授镇江润州都统制。阮小七授盖天军都统制。

徽宗敕命各个正偏将佐,封官授职,谢恩听命,给付赏赐。宋江等谢恩毕。又奏睦州乌龙大王,二次显灵,护国保民。徽宗准奏,圣敕加封忠靖灵德普佑孚惠龙王。御笔改睦州为严州,歙州为徽州,因是方腊造反之地,各带反文字体。清溪县改为淳安县,帮源洞凿开为山岛。敕委本州官库建乌龙大王庙,御赐牌额。江南被害人民,普免差徭三年。

当日宋江等,各个谢恩已了。徽宗命设太平筵宴,庆贺功臣。文武百官,九卿四相,同登御筵。御筵已毕,宋江又奏:"臣部下军卒亡过大半。尚有愿还家者,乞陛下圣恩抚恤。"徽宗准奏,降敕赏赐。宋江又奏请回乡省视亲族。徽宗闻奏赐钱十万贯,作为宋江还乡之资。当日饮宴席终,谢恩已罢,辞贺出朝。太乙院题本,奏请圣旨,将方腊于东京市曹上凌迟处死。

再说宋江奏请了圣旨,得假回乡省亲。宋江将部下军将分派已了,与众暂别,自引兄弟宋清,带领随行军

健，望山东进发，于路无话。宋江回到庄上，不期宋太公已死，灵柩尚存。宋江、宋清不胜哀戚，在庄上请僧命道，修建功果，超拔亡过的父母宗亲。州县官僚，探望不绝。择日选时，亲扶太公灵柩，葬于高原之上。

宋江思念玄女娘娘，将钱五万贯，命工匠人等，重建九天玄女娘娘庙宇。诚恐徽宗见责，选日除了孝服，又做了几日道场。次后请当村父老饮宴，不在话下。再说宋江在乡中住了数月，再回东京来，与众弟兄相见，每日遣散三军。诸将已亡过者，家眷老小，发遣回乡，然后收拾了去任所赴任。只见神行太保戴宗，来相探宋江。

话说宋江衣锦还乡，还至东京，与众弟兄相会后前往任所。当有戴宗来探宋江，二人坐着说些闲话。只见戴宗起身道："小弟已蒙圣恩，除受兖州都统制。兄弟夜梦崔府君勾唤，今情愿纳下官诰，去泰安州岳庙里了此一生。"宋江道："贤弟生身既为神行太保，他日必作岳府灵聪。"自此相别之后，戴宗纳还了官诰，去泰安州岳庙里，陪堂出家。后数月，大笑而终。后来在岳庙里累次显灵，州人庙祝，遂塑戴宗神像于庙里，胎骨是他原身。

又有阮小七受了诰命，辞别宋江，已往盖天军做都统制职事。未及数月，被大将王禀、赵谭怀帮源洞辱骂旧恨，累累于童贯前诉说阮小七曾穿方腊龙袍玉带的过失，并诬其有造反之意。童贯把此事转告太师蔡京，蔡太师奏过天子，请降了圣旨，把阮小七贬为庶民。阮小七带了老母回梁山泊石碣村，依旧打鱼为生，奉养老母，以终天年。后自寿至六十而亡。

且说小旋风柴进在京师，见戴宗纳还官诰求闲去了，又见说朝廷追夺了阮小七官诰，于是推称风疾病患，情愿纳还官诰，再回沧州横海郡为民，自在过活。忽然一日，无疾而终。

李应授中山府都统制，赴任半年，闻知柴进求闲去了，自思也推称风瘫，不能为官。申达省院，缴纳官诰，复还故乡独龙冈村中过活。后与杜兴一处作富豪，俱得善终。

关胜在北京大名府总管兵马，甚得军心，众皆钦伏。一日操练军马回来，因大醉失脚，落马得病身亡。

呼延灼受御营指挥使，每日随驾操备。后领大军破大金兀术四太

子,出军杀至淮西阵亡。只有朱仝在保定府管军有功,后随刘光世破了大金,直做到太平军节度使。

花荣带同妻小妹子,去应天府任处。吴用自来单身,只带了随行安童,去武胜军到任。李逵亦是独自带了两个仆从,自来润州到任。

再说宋江、卢俊义在京师,都分派了诸将赏赐,各个令其赴任去讫。殁于王事者,便将家眷人口,给与恩赏钱帛金银,仍各送回故乡,听从其便。再有见在朝京偏将一十五员,除兄弟宋清还乡为农外,杜兴已自跟随李应还乡去了。黄信仍任青州。孙立带同兄弟孙新、顾大嫂并妻小,去登州任用。邹润不愿为官,回登云山去了。蔡庆跟随关胜,仍回北京为民。裴宣自与杨林商议了,自回饮马川,受职求闲去了。蒋敬回潭州为民。朱武与樊瑞两个去投公孙胜出家,以终天年。穆春自回揭阳镇乡中,后为良民。凌振炮手非凡,仍授火药局御营任用。旧在京师偏将五员,安道全钦取回京,就于太医院做了金紫医官。皇甫端原受御马监大使。金大坚已在内府御宝监为官。萧让在蔡太师府中受职,做门馆先生。乐和在驸马王都尉府中,尽老清闲,终身快乐。

且说宋江自与卢俊义分别之后,各自前去赴任。卢俊义亦无家眷,带了数个随行伴当,自往庐州去了。宋江谢恩辞朝,别了省院诸官,带同几个家人仆从,前往楚州赴任。自此相别,都各分散去了。亦不在话下。

且说殿帅府太尉高俅、杨戬,因见徽宗重礼厚赐宋江等这伙将校,心内好生不然。两人密谋陷害宋江等人,杨戬道:"我有一计,且寻几个庐州军汉,来省院首告卢安抚招军买马,积草屯粮,意在造反。便与他申呈去太师府启奏,和这蔡太师都瞒了。等太师奏过天子,请旨定夺,却令人赚他来京师。待上皇赐御食与他,于内下了些水银,却坠了那人腰肾,做用不得,便成不得大事。再差天使,却赐御酒与宋江吃,酒里也与他下了慢药,只消半月之间,一定没救。"高俅道:"此计大妙。"

两个贼臣计议定了，着心腹人出来寻觅两个庐州土人，写与他状子，叫他去枢密院，首告卢俊义在庐州即日招军买马，积草屯粮，意欲造反。枢密院中童贯当即收了原告状子，径呈来太师府启奏。蔡太师见了申文，便会官计议。此时四个奸臣定了计策，引领原告人入内启奏徽宗。徽宗曰："朕想宋江、卢俊义，今已去邪归正，焉肯背反？可唤来由朕亲问。"蔡太师、童贯又奏道："卢俊义是一猛兽，只可赚来京师，陛下亲赐御膳御酒，将圣言抚谕之，以窥其虚实动静。"徽宗准奏，随即降下圣旨，差一使命径往庐州宣取卢俊义还朝。

话休絮烦。卢俊义听了圣旨宣取回朝，便同使命来京，至东京皇城司前歇了。次日早，到东华门外伺候早朝。时有太师蔡京，枢密院童贯，太尉高俅、杨戬，引卢俊义于偏殿朝见徽宗。拜舞已罢，徽宗问了些闲话。俄延至午。尚膳厨官奏道："进呈御膳在此，未敢擅便，乞取圣旨。"此时高太尉、杨太尉已把水银暗地放在里面，供呈在御案上。徽宗当面将膳赐与卢俊义，卢俊义拜受而食。徽宗抚谕道："卿去庐州，务要尽心安养军士，勿生非意。"卢俊义顿首谢恩，出朝回庐州。

再说卢俊义星夜便回庐州来，觉腰肾疼痛，不能乘马，便坐船回来。行至泗州淮河，其夜因醉，要立在船头上消遣。不想水银坠下腰胯并骨髓里去，站立不牢，落于淮河深处而死。从人打捞起尸首，置办了棺椁安葬于泗州高原深处。本州官员写文书

227

申复省院。

且说蔡京、童贯、高俅、杨戬四个贼臣,计较定了,将赍泗州申达文书,早朝奏闻徽宗说:"泗州申复:卢安抚行至淮河,坠水而死。臣等只恐宋江心内设疑,别生他事。乞陛下差天使赍御酒往楚州赏赐,以安其心。"上皇遂降御酒二樽,差天使赍往楚州。不期被这奸臣们将御酒内放了慢药在里面,却教天使赍擎了,径往楚州来。

且说宋江自从到楚州为安抚,兼管总领兵马。到任之后,惜军爱民,军民都敬重他。宋江赴任之后,时常出郭游玩。原来楚州南门外有个去处,地名唤做蓼儿洼。宋江看了,心中甚喜,自己想道:"我若死于此处,堪为阴宅。"但若身闲,常去那游玩。

话休絮烦。自宋江到任以来,将近半载,忽听得朝廷降赐御酒到来,便与众人出郭迎接。入到公廨,开读圣旨已罢。天使捧过御酒,教宋安抚饮毕。宋江亦将御酒回劝天使,天使推称自来不会饮酒。御酒宴罢,天使回京。宋江备礼馈送天使,天使不受而去。

宋江自饮御酒之后,觉肚腹疼痛,心中疑虑,想被下药在酒里。他急令从人打听那来使时,于路馆驿却又饮酒。宋江已知中了奸计,必是贼臣们下了药酒。连夜使人往润州唤李逵星夜到楚州,别有商议。

且说黑旋风李逵自到润州为都统制,只是心中烦闷,与众人终日饮酒,只爱贪杯。听得楚州安抚使宋江差人到来有请,便同一干人下了船,直到楚州,径入州治拜见。宋江道:"兄弟,特请你来商量一件大事。"李逵道:"哥哥,什么大事?"宋江道:"你且饮酒。"宋江请进后厅,随即设宴款待李逵,吃了半晌酒食。将至半酣,宋江便道:"贤弟不知,我听得朝廷差人赍药酒来赐与我吃。却是怎的好?"李逵大叫一声:"哥哥,反了罢!"宋江道:"兄弟且慢着,再有计较。"不想那接风酒内,已下了慢药。当夜,李逵饮了酒。

次日,安排船相送。李逵道:"哥哥,几时起兵?我那里也起军来接应。"宋江道:"兄弟,你休怪我!前日朝廷差天使赐药酒与我服了,死在旦夕。我死之后,恐怕你造反,坏了我梁山泊替天行道的忠义之名,因此请你来相见。昨日酒中已与了你慢药服了,回至润州必死。你死之后,可来此处楚州南门外蓼儿洼。我死之后,尸首定葬于此处!"言讫,堕泪如雨。李逵见说,亦垂泪道:"罢,罢,罢!生时服侍哥哥,死了也做哥哥部下一个小鬼。"言讫,泪下。当时洒泪,拜别了宋江下船。回到润州,果然药发身死。李逵临死之时,嘱咐从人将他的灵柩和宋江一处埋葬于楚州南门外蓼儿洼。嘱罢而死。

宋江自与李逵别后,心中伤感。是夜药发,临危嘱咐从人亲随之辈:"可依我言,将我灵柩,殡葬此间南门外蓼儿洼高原深处,必报你等众人之德。"言讫而逝。

宋江从人置备棺椁,依礼殡葬楚州。官吏听从其言,扶宋江灵柩,葬于蓼儿洼。数日之后,李逵灵柩亦从润州到来,从人不违其言,扶柩葬于宋江墓侧,不在话下。

忽一日,武胜军承宣使军师吴用心情恍惚,寝寐不安。至夜,梦见宋江、李逵二人,扯住衣服说道:"军师,我等以忠义为主,替天行道,于心不曾负了天子。今朝廷赐饮药酒,我死无辜。身亡之后,见已葬于楚州南门外蓼儿洼深处。军师可到坟茔,亲来看视一遭。"吴用要问备细,突然惊醒,乃是南柯一梦。

次日,吴用便收拾行李,径往楚州来。到时,果然宋江已死。只闻彼处人民,无不嗟叹。吴用安排祭仪,直至南门外蓼儿洼,寻到坟茔,哭祭宋江、李逵,就于墓前,以手捆其坟冢,哭道:"仁兄今日既为国家而死,托梦显灵与我。兄弟无以报答,愿与仁兄同会于九泉之下。"言罢,痛哭。正欲自缢,只见花荣从船上飞奔到于墓前。见了吴用,各吃一惊。原来花荣也得了同样的梦境,故此前来。二人深感宋江恩义,于是两个大哭一场,双双悬于树上,自缢而死。船上从人,久等不见他们出来,都到坟前看时,只见吴用、花荣自缢身死。慌忙报与本州官僚,置

水浒传

SHUI HU ZHUAN

229

备棺椁，葬于蓼儿洼宋江墓侧。楚州百姓感念宋江仁德、忠义两全，建立祠堂，四时享祭。里人祈祷，无不感应。

且不说宋江在蓼儿洼累累显灵，所求立应。却说徽宗在东京内院，自从赐御酒与宋江之后，圣意累累设疑。忽然一日，徽宗从地道中来到李师师后园中，拽动铃索。李师师慌忙迎接圣驾，于房内铺设酒肴，与徽宗饮酌取乐。才饮过数杯，只见徽宗神思困倦，忽然房里起了一阵冷风。徽宗见个穿黄衫的人立在面前。徽宗惊起，问道："你是什么人？"那穿黄衫的人奏道："臣乃是梁山泊宋江部下神行太保戴宗。"徽宗道："你缘何到此？"戴宗奏曰："臣兄宋江，只在左右，启请陛下车驾同行。"徽宗便起身随戴宗出得后院来，见马车足备。戴宗请徽宗乘马而行，转眼到得一个去处。

当下徽宗在马上，问戴宗道："此是何处？"戴宗指着山上关路道："请陛下行去，到彼便知。"徽宗纵马登山，行过三重关道。至第三座关前，只有百余人俯伏在地，尽是金盔金甲之将。徽宗大惊，连问道："卿等皆是何人？"只见为头一个向前奏道："臣乃梁山泊宋江是也。谨请陛下到忠义堂上，容臣细诉衷曲枉死之冤。"徽宗到忠义堂前下马，上堂坐定。只见为首的宋江，上阶跪膝，向前垂泪启奏道："臣等虽曾抗拒天兵，素秉忠义，并无分毫异心。自从奉陛下敕命招安之后，北退辽兵，东擒方腊，弟兄手足，十损其八。臣蒙陛下命守楚州，到任以来，与军民水米无交，天地共知臣心。陛下赐以药酒，与臣服吃，臣死无憾。但恐李逵情恨，辄起异心。臣特令人去润州，唤李逵到来，亲与药酒鸩死。吴用、花荣亦为忠义而来，在臣冢上，俱皆自缢而亡。臣等四人，同葬于楚州南门外蓼儿洼。里人怜悯，建立祠堂于墓前。乞陛下圣鉴。"徽宗听了，大惊曰："朕亲赐黄封御酒，不知是何人换了药酒赐卿？"宋江奏道："陛下可问来使便知。"徽宗看见三关寨栅雄壮，惨然问曰："此是何所？"宋江奏曰："此是臣等旧日聚义梁山泊也。"徽宗又曰："卿等已死，当往受生于阳世，何故相聚于此？"宋江奏道："天帝哀怜臣等忠义,蒙玉帝符牒敕命,封为梁山泊都土地。众将已会于此。有屈难伸,特令戴宗屈万乘之主,亲临水泊,恳告平日之衷曲。"徽宗下堂,回首观看堂上牌额,大书"忠义堂"三字。徽宗点头下阶。忽见宋江背后转过李逵,手拿双斧,厉声高叫道:"皇帝,皇帝! 你怎地听信四个贼臣挑拨,坏了我们性命? 今日既见,正好报仇! "黑旋风说罢,抢起双斧,径奔徽宗。徽宗吃这一惊,撒然觉来,当夜嗟叹不已,回宫后,差心腹之人打探消息。

闻知事实,次日早朝,徽宗大怒,责骂太尉高俅、杨戬,二人俯伏在地,叩头谢罪。太师蔡京、枢密使童贯都道昨夜方知此事。徽宗终被四贼曲为掩饰,不加其罪。当即喝退高俅、杨戬,便教追要原赍御酒使臣,不想天使已死于路上。

徽宗准宣宋江亲弟宋清,承袭宋江名爵。不期宋清已感风疾在身,不能为官。上表辞谢,只愿在郓城为农。徽宗怜其孝道,赐钱十万贯,田三千亩,以赡其家,待有子嗣,朝廷录用。后来宋清生一子宋安平,应过科举,官至秘书学士。这是后话。

再说徽宗亲书圣旨，敕封宋江为忠烈义济灵应侯，仍敕赐钱，于梁山泊起盖庙宇，大建祠堂，妆塑宋江等殁于王事诸多将佐神像。敕赐殿宇牌额，御笔亲书"靖忠之庙"。济州奉敕，于梁山泊起造庙宇。

后来宋江累累显灵，百姓四时享祭不绝。彼处人民，重建大殿，妆塑神像三十六员于正殿，两廊塑七十二将。楚人行此诚心，远近祈祷，无有不应。至今古迹尚存。

英雄排座次

⊙ 天魁星·呼保义宋江

⊙ 天罡星·玉麒麟卢俊义

⊙ 天机星·智多星吴用

⊙ 天闲星·入云龙公孙胜

⊙ 天勇星·大刀关胜

⊙ 天雄星·豹子头林冲

⊙ 天猛星·霹雳火秦明

⊙ 天威星·双鞭呼延灼

⊙ 天英星·小李广花荣

⊙ 天贵星·小旋风柴进

⊙ 天富星·扑天雕李应

⊙ 天满星·美髯公朱仝

⊙ 天孤星·花和尚鲁智深

⊙ 天伤星·行者武松

⊙ 天立星·双枪将董平

⊙ 天捷星·没羽箭张清

⊙ 天暗星·青面兽杨志

⊙ 天祐星·金枪手徐宁

⊙ 天究星·没遮拦穆弘

⊙ 天微星·九纹龙史进

⊙ 天杀星·黑旋风李逵

⊙ 天昇星·赤发鬼刘唐

⊙ 天速星·神行太保戴宗

⊙ 天空星·急先锋索超

⊙ 天损星·浪里白条张顺

⊙ 天罪星·短命二郎阮小五

⊙ 天平星·船火儿张横

⊙ 天剑星·立地太岁阮小二

⊙ 天寿星·混江龙李俊

⊙ 天退星·插翅虎雷横

⊙ 天巧星·浪子燕青

⊙ 天哭星·双尾蝎解宝

⊙ 天暴星·两头蛇解珍

⊙ 天慧星·拼命三郎石秀

⊙ 天牢星·病关索杨雄

⊙ 天败星·活阎罗阮小七

地魁星

英雄排座次

- 地魁星·神机军师朱武
- 地煞星·镇三山黄信
- 地勇星·病尉迟孙立
- 地杰星·丑郡马宣赞
- 地雄星·井木犴郝思文
- 地威星·百胜将韩滔

- 地英星·天目将彭玘
- 地奇星·圣水将单廷珪
- 地猛星·神火将魏定国
- 地文星·圣手书生萧让
- 地正星·铁面孔目裴宣
- 地阔星·摩云金翅欧鹏

- 地阖星·火眼狻猊邓飞
- 地强星·锦毛虎燕顺
- 地暗星·锦豹子杨林
- 地轴星·轰天雷凌振
- 地会星·神算子蒋敬
- 地佐星·小温侯吕方

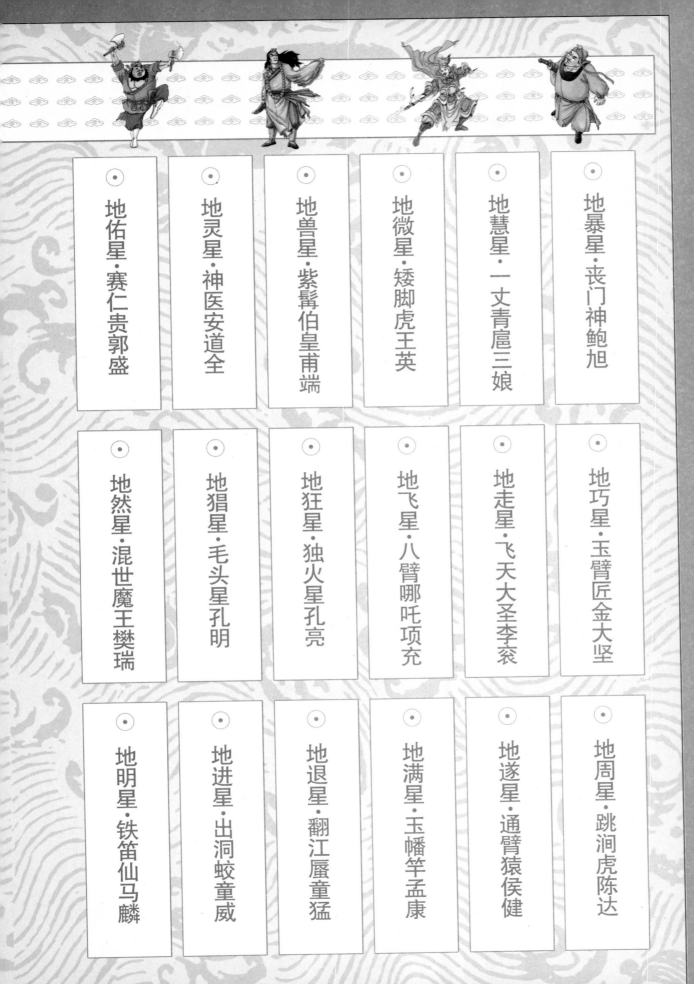

地佑星・赛仁贵郭盛

地灵星・神医安道全

地兽星・紫髯伯皇甫端

地微星・矮脚虎王英

地慧星・一丈青扈三娘

地暴星・丧门神鲍旭

地然星・混世魔王樊瑞

地猖星・毛头星孔明

地狂星・独火星孔亮

地飞星・八臂哪吒项充

地走星・飞天大圣李衮

地巧星・玉臂匠金大坚

地明星・铁笛仙马麟

地进星・出洞蛟童威

地退星・翻江蜃童猛

地满星・玉幡竿孟康

地遂星・通臂猿侯健

地周星・跳涧虎陈达

地隐星

英雄排座次

地隐星·白花蛇杨春

地异星·白面郎君郑天寿

地理星·九尾龟陶宗旺

地俊星·铁扇子宋清

地乐星·铁叫子乐和

地捷星·花项虎龚旺

地速星·中箭虎丁得孙

地镇星·小遮拦穆春

地稽星·操刀鬼曹正

地魔星·云里金刚宋万

地妖星·摸着天杜迁

地幽星·病大虫薛永

地伏星·金眼彪施恩

地空星·小霸王周通

地僻星·打虎将李忠

地全星·鬼脸儿杜兴

地孤星·金钱豹子汤隆

地角星·独角龙邹润

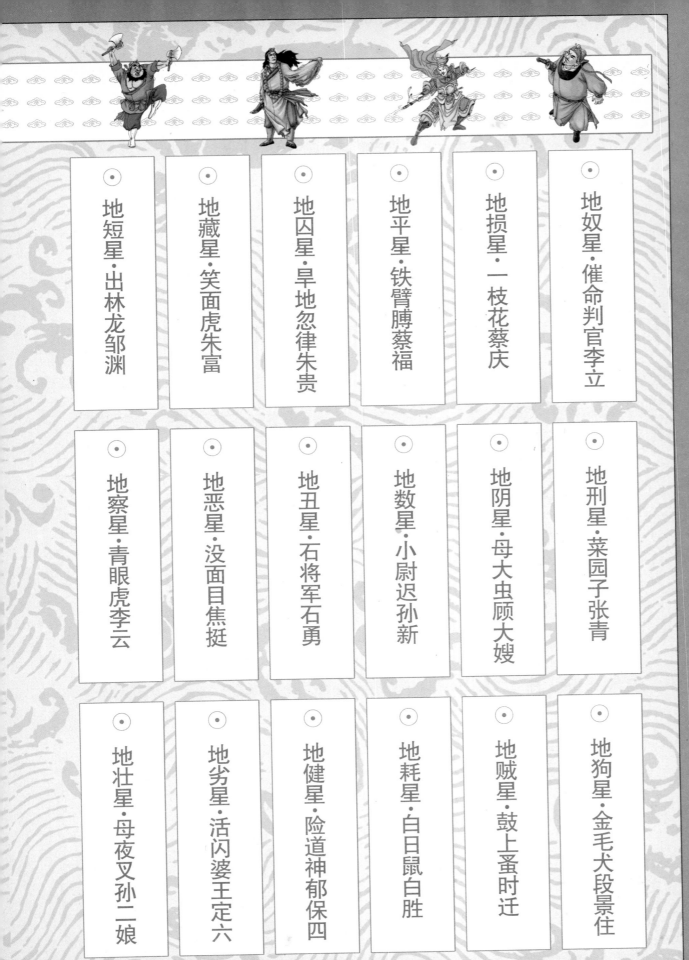

地短星·出林龙邹渊

地藏星·笑面虎朱富

地囚星·旱地忽律朱贵

地平星·铁臂膊蔡福

地损星·一枝花蔡庆

地奴星·催命判官李立

地察星·青眼虎李云

地恶星·没面目焦挺

地丑星·石将军石勇

地数星·小尉迟孙新

地阴星·母大虫顾大嫂

地刑星·菜园子张青

地壮星·母夜叉孙二娘

地劣星·活闪婆王定六

地健星·险道神郁保四

地耗星·白日鼠白胜

地贼星·鼓上蚤时迁

地狗星·金毛犬段景住

图书在版编目(CIP)数据

水浒传／(明) 施耐庵著；崔钟雷主编.—哈尔滨
: 哈尔滨出版社，2010.12
（中国儿童成长大书）
ISBN 978-7-5484-0327-2

Ⅰ．①水…　Ⅱ．①施…②崔…　Ⅲ．①章回小说—中
国—明代—缩写本　Ⅳ．①I242.4

中国版本图书馆 CIP 数据核字（2010）第 195641 号

水 浒 传

中 国 儿 童 成 长 大 书

书　　名：水浒传

作　　者：[明] 施耐庵 著

主　　编：崔钟雷

副 主 编：苏 林　李佳楠

责任编辑：李英文　蒋正岩

责任审校：陈大霞

策　　划：钟 雷

装帧设计：稻草人工作室

出版发行：哈尔滨出版社（Harbin Publishing House）

社　　址：哈尔滨市香坊区泰山路 82-9 号　　邮编：150090

经　　销：全国新华书店

印　　刷：北京彩晔彩色印刷有限公司

网　　址：www.hrbcbs.com　　www.mifengniao.com

E-mail：hrbcbs@yeah.net

编辑版权热线：（0451）87900272　87900273

邮购热线：（0451）87900345　87900299　87900220（传真）　或登录蜜蜂鸟网站购买

销售热线：（0451）87900201　87900202　87900203

开　　本：889×1194　1/16　印张：15　字数：200 千字

版　　次：2010 年 12 月第 1 版

印　　次：2010 年 12 月第 1 次印刷

书　　号：ISBN 978-7-5484-0327-2

定　　价：19.80 元